絶望系
閉じられた世界
谷川流
ILLUSTRATION●G・むにょ

『一日目《イチニチメ》』

この世には、うんざりすることが多すぎる。

たとえば、八月なのにやたらに涼しいとか。

呼んだ覚えのない者たちが突然部屋にやってきたりとか。

その連中が何を言っても出て行こうとしないこととか。

その上、中身の伴わない主張を延々聞かされ続けたりとか。

あるいは、幼い頃《ころ》から知っているなじみの少女が連続殺人犯だったりとか。

そんな些少《さしょう》なことほど、うんざり感も加速する。

致命的だ。

＊＊＊

夏期休暇も折り返し地点に入っていた、八月のある日の午後。

何の間違いもなかった。腰を落ち着けた喫茶店でも、彼女はいつものように彼を見つめて微笑、彼の顔に大人《おとな》しく愛くるしい瞳《ひとみ》を据え続けている。

頭に乗せた帽子をたまにちょいと直すのは彼女のクセだ。

この後、彼がどこへ誘おうとも、彼女は素直についてくる。

それを彼は知っていた。いつもそうだったからだ。

この店を出てからの予定は一つだった。行くべきところは決まっている。

そろそろ出ようか——。

言いかけたセリフを遮るかのように、彼の携帯電話が振動を開始した。

それが間違いの幕開けだった。

些細な間違いから、彼は世界の終わりを予見する。

最後まで、何も感じないまま。

＊＊＊

スリーコールほど待つと自動的に留守電に切り替わる。すぐに切れた。間を置くことなく二度目の電話がかかってきた。これも無視する。だが相手もしつこかった。何かにせっぱ詰まっているかのように、三度目のリダイヤルが始まる。

「ごめん」

杵築《きづき》はパンツのポケットから垂れていたストラップに指をかけながら言った。

「急な用件みたいだ。出ていいかな？」

「うふ？」

ミワは少しだけ首を傾《かし》げ、目元を柔らかく細めた。

「どうぞ。わたしのことはおかまいなく」

「ごめん」

もう一度謝《あやま》っておいて、杵築《きづき》は電話を引きずり出した。携帯の画面には見覚えのある名前が相手先として表示されている。出る。

「もしもし」

いささかのタイムラグの後、

『……よぉ、俺《おれ》だ。出てくれて助かった。あんまり留守電に吹き込みたくないようなことだったんでな』

杵築にはなじみ深い声だった。もう十年近くこの声を聞いている。

と、杵築は声の主の顔を思い浮かべながら、

「やあ、建御《たけみ》」

「久しぶりだね。先週の登校日以来かな」

『一週間も経《た》ってないのに久しぶりってのも何だが、まあ、それはいい』

建御はどこか疲れているようだった。その程度のことならすぐに解《わか》る。

杵築と彼は同じ高校でクラスメイトの間柄だ。お互い自宅がそう離《はな》れていないこともあって、幼稚園からずっと同じ学校に通っていた。相対的に悪くない友人関係を構築していると言っても間違いを指摘されることもないだろう。

「何の用事かな。できればすぐに終わらせて欲しくてね。いま僕はちょっと取り込んでいるんだよ」

『外にいるのか？　誰《だれ》かと一緒《いっしょ》に……ああ、』

建御にもすぐ思い当たることができたようだ。

『烏《う》衣《い》の妹だな。またか』

呆《あき》れたような口調《くちょう》だった。

『このロリ野郎。よくもまあ、そうしょっちゅうくっついていられるもんだ』

「ミワは僕と三つしか違わない」

杵築は同席した少女を見る。彼女は無言で見つめ返してきた。緩《ゆる》やかなカーブを描く唇から白い歯の先がちらりと見えた。

『中一だろ。じゅうぶんロリだ』

「聞き捨てならないな。それ以上言うと気を悪くするよ。もちろん僕がね。ところで、さんざんかけ直してまで僕に告げようとしていたのはそんなことなのかな。なら、もう切らせてもらうけど」

『待ってくれ！』

途端《とたん》に慌てた声が、

『俺はお前が烏衣妹と何をしようが全然かまわん。何でもやってくれ。いや、こんなことを言いたいんじゃないんだ。くそっ。上手《うま》く口が回らん。とにかくだな』

大きく息を吸い込んだような音がした。

『先に一つだけ約束してくれ』

「何を？」

『この先俺《おれ》が何を言おうと電話を切らないという約束だ』

「さっきみたいな内容だったら、僕が配慮《はいりょ》をする余地はないけどね」

『違う。まったく違うことを俺は言おうとしている。正直言って、こんなことを言いたくはないんだ。だが、もうどうしようもねえ』

杵築《きづき》はわずかに眉《まゆ》を寄せた。

「言いたくもないことをわざわざ言うために僕に電話してきたのかい？」

『ああ』

建御《たけみ》の声は苦渋に満ちていた。

『その通りだ。頼むからイエスと言ってくれ。こっちから切るまで電話を切るな。切実な問題なんだ。まったく何でこんなことになったのか解《わか》らん。できればお前に解説して欲しいくらいだぜ』

杵築はしばらく黙《だま》り込んだ。ミワはそんな彼を面白《おもしろ》そうに見つめると、組んだ両手の上に顎《あご》を乗せた。また、ちょっと首を傾ける。

「解ったよ」杵築は無意識《むいしき》にうなずいていた。「約束しよう。でも、簡潔《かんけつ》にお願《ねが》いするよ。さっきも言ったように僕は取り込み中だ。さっさと終わらせたいね」

『ありがとよ』

意外なことに、建御は本心から感謝《かんしゃ》しているようだった。長い付き合いを持つ杵築には解る。建御は建前と本音の使い分けが昔からヘタだった。その気のないことを口にしたり、偽りを述べることが得意ではない。

『じゃあ言わせてもらう。よく聞いてくれ』

再び、息を吸い込む気配《けはい》がした。

『俺の部屋に天使と悪魔《あくま》と死神と幽霊《ゆうれい》がいる』

確《たし》かにそう聞こえた。しかし、杵築は聞き返さずにはいられない。

「何がいるんだって？」

『天使と、悪魔と、死神と、幽霊、――だ』

建御はセンテンスごとに区切ってアクセントをつける。

『俺が外から帰って自分の部屋を開けると……、いやがった。正確《せいかく》に言うとその時いたのは天使と悪魔だけだが、その直後に幽霊と死神が飛び込んできた。いいか、窓をぶち破ってだぜ？いったい何がどうなってやがるんだ？』

杵築は耳から電話を離《はな》し、液晶の画面をまじまじと見つめた。数秒の後に耳に戻すと、

『どうにかしてくれ』

建御《たけみ》は助けを求めているようだった。偽りを述べている声には聞こえない。もともと建御はこんな突拍子《とっぴょうし》もない嘘《うそ》をわざわざ電話してきてまで言うような人間ではなかった。

ということは、と杵築《きづき》は思った。

彼のこの親しい友人は狂ったらしい。気の置けない関係はここまでにしておいたほうがいいかもしれない。

彼の沈黙《ちんもく》の意味を先読みして悟ったのだろう、建御は早口で、

『待ってくれ。マジなんだ。本当に天使と悪魔《あくま》と死神と幽霊《ゆうれい》がいやがるんだ。いくら言ってもどっか行こうとしない。このままではヤベェ。何だか解《わか》りゃせんがヤバイことだけは解る。すぐに来て欲しいんだ。こんな頭の悪くなりそうな事態でも話を聞いてくれそうなのはお前だけなんだ！』

「僕はキミの主治医になったつもりはないけどね」

杵築は続けて、

「でも、そう言われて沈黙を決め込むほど好奇心と探求心が磨滅しているわけでもないよ」

『ありがてえ』

ほとんど涙ぐまんばかりの声だった。

『じゃあ、俺《おれ》んちまで来てくれるんだな？』

「行ってもいいけど……」

杵築はミワの表情をうかがった。小首を傾《かし》げる彼女の笑《え》みに変化はない。

建御はまだ言っている。まるで譫言《うわごと》のように、

『どうしてこの連中が俺の部屋にいるのかが解らねえんだ』

溜息《ためいき》を吐《つ》いて杵築は、

「訊《き》けばいいじゃないか」

『訊いても意味の解らないことを言うだけで、さっぱり解らねえ。とにかくこっちに、頼む！』

「どうして僕が行かなければならないのか、もう一つ解らないな」

『こんな状況で冷静さを保っていられるのは、俺の知っている中ではお前だけだからだ』

「何がいたんだって？　もう一度言ってくれるかな」

『天使と悪魔と死神と幽霊だっ！』

建御の声はいやになるほどの絶望感に満ちていた。

『本人たちがそう言ってる。少なくとも幽霊はマジものだ。身体《からだ》が透けて見えやがる。天使と悪魔と死神のほうはよく解らん。ひょっとしたら違うのかもしれん。ただし、天使は羽と輪《わ》っかを出したし、死神は確《たし》かに空を飛んでいやがったぞ。しかも裸でだ』

「ますますキミの言ってることが解らなくなってきたよ。裸で空を飛んでいたら死神ってことにはならないと思うけどね」

『幽霊《ゆうれい》を追いかけていた――らしい。本人がそう言った』

「なるほどね」

杵築《きづき》は漫然とうなずいて、

「なんとなく解《わか》ったよ。そっちに行かないとキミは電話を切りそうにないってことがね」

『ああ、そうとも。そのつもりだ』

杵築は電話に手をかぶせると、デートの相手に向き直った。

「ミワ、すまないけど」

「うふ？　いいよ」

ミワは帽子の縁《ふち》を指でずらした。

「お友達の危機《きき》なのでしょう？　行ってあげたら？　でも、後でわたしの家に寄ってくださいね」

年齢《ねんれい》にそぐわない艶麗《えんれい》な微笑が、ミワの顔に奇跡のように浮かび上がる。

「先に帰って待ってるから」

うなずいて、杵築は伝票を手に取った。

――待ってるから。

ということは、何があっても今日中《きょうじゅう》にミワのもとに行かねばならない。建御《たけみ》はいい友人だったし、その言葉に偽りのないことが美徳の一つだが、今回ばかりはどうだっていいことだった。

ミワと建御では優先《ゆうせん》順位に大きな隔たりがある。たとえ建御が死ぬ羽目になったとしても杵築はミワの要求を飲むだろう。

彼にとって、彼女ほど最優先に考えるべき人間は存在しないからだ。

＊＊＊

ミワと別れた杵築は、冷夏のせいでセミの鳴き声にも精力が感じられない真昼の道を漫然と歩き、やがて半時間も経過せずとも建御の自宅へ到着することができた。

彼が生まれる前から建っている公営団地の一つ、その六階に建御家の居住地がある。旧式のエレベータに乗っている間も、薄汚《うすよご》れた通路を歩く間も、杵築はミワと彼女の姉のことを考えていた。

建御の突然の電話と烏衣《うい》姉妹に何らかの関係性があるのではないかと疑いながら。

目指す扉の前に至った杵築はためらいなくインターフォンのベルを押す。

よほど待ちかねていたのだろう、扉はすぐさま開いた。

「杵築」

憔悴《しょうすい》した顔の建御が顔を覗《のぞ》かせて、

「感謝《かんしゃ》するぜ。これでようやく解るってもんだ。結果はどうあれ、俺《おれ》の気が晴れることは喜ばしい。さぁ、あがってくれ。そしてちゃんと言ってくれ」

「何を言えと？」

靴を脱ぎながら杵築《きづき》は問う。

「キミが僕に何を言えばいいのか教えて欲しいものだね」

「俺の正気を確《たし》かめて欲しいんだよ」

友人を奥へ誘いながら建御《たけみ》は、

「俺《おれ》の頭がおかしいのか、おかしくなったのはこの現実なのか、それを見極めてもらいてえんだ。これで杵築、お前に俺と同じものが見えてなけりゃ俺は今すぐ119番して入院するつもりだ。お前が俺と同じもんを確認《かくにん》することができたら、……そうだな、俺は自分より先にこの世の有様《ありさま》に疑問を抱くだろう。心しておいてくれ」

建御が緊張《きんちょう》しているのが杵築にも見て取れる。悪夢から目が覚めたと思ったら、まだ悪夢の続きが枕元《まくらもと》にあったかのような様態で、すがるような目は普段《ふだん》の彼にはないようなものだった。

天使と悪魔《あくま》と死神と幽霊《ゆうれい》——とか言ったっけ。

気が違ったとしか思えない。だが杵築の知る上でもって、建御は精神的な崩壊《ほうかい》とは最も無縁《むえん》のクラスメイトだった。おかしな人間なら彼は他《ほか》に何人か知っている。そんな知り合いの中でも、これほどバカバカしいことを言うような人間はそうそういない。

建御はどんな状況に陥って、狂ったとしか思えないことを言い出したんだろう。

最も安易な解答は「本当に狂った」というものである。一般原則からほど遠く、万人に理解できないようなことを言い出したりする者は、そのまま狂ったことにしてしまえばいい。すぐさま蓋《ふた》をすることができる。なにしろ狂っているからこそ狂ったとしか思えないことを言い出すのが彼らの論理だ。

杵築のモノローグは当然、建御には届かない。

「オカンは買い物に出かけている」

フローリングの狭い通路を歩きながら建御は解説した。

「俺たちしかいない。それはそれで問題なんだが……まあ、とにかく見てくれ。見れば解《わか》ると思うぜ。たぶんな」

建御は自分の部屋の前に立ち、扉に手をかけた。

杵築は素直に見守っている。

そして扉が開かれて、内部の全貌《ぜんぼう》を明らかにした。

六畳一間の勉強部屋。杵築は何度もここに上がり込んだことがある。なんと言っても昔ながらの付き合いだ。見慣《みな》れた部屋だった。学習机にパイプベッド、小振りの本棚に衣装戸棚が一つずつ。液晶テレビと旧式のゲーム機《き》……。

それだけしかないはずの部屋に、確《たし》かな異物が四つほどあった。その四つの異物は人の姿をもって、先客となって部屋にわだかまっている。

四つの人影《ひとかげ》は新たな客人に向けて、それぞれの視線《しせん》を送ってきた。

その一人が朗らかな笑《え》みと同時に言葉を吐いた。

「やあどうも。ここで人間に会うのは三人目です。よろしくお願《ねが》いしたいものですね。ええと、杵築《きづき》さんでしたっけ？」

口火を切ったのは建御《たけみ》のベッドにしどけなく寝そべり、長い金髪を物憂《ものう》げにかき上げている長身の人物だった。その顔だけを見ての判断なら、絶世の美女かそれともとてつもない美貌《びぼう》と美声を持つ美青年かのどちらかにわかに判別できなかったが、着ているものと体型でようやく女性形らしいと杵築は判定した。

「初めまして、私は天使です」

天使らしかった。その天使はなぜか浴衣《ゆかた》をまとっていた。夏祭りにでも行こうかというような、淡い色を下地とした色とりどりの花が咲き誇っている浴衣で、丁寧《ていねい》にも胸元にウチワを挿している。

緩《ゆる》やかに身を起こした天使は、白い壁《かべ》にもたれかかって顔の前に垂れる長髪をしなやかな指ですくい上げ、

「そこの建御さんが呼ぶからにはどんな人間が来るかと思っていましたが、これはこれは、なかなか肝の据わった顔つきの少年ですね。よろしくお願いしますよ」

杵築はその天使と名乗った人型《ひとがた》を入念に視察した。きらびやかな微笑《ほほえ》みはほとんど光をまと

っているかのようで、浴衣の胸元は二次元媒体でしか見たことのないような膨《ふく》らみを隠そうともしない。ついでに言えば、わざとのようにはだけた浴衣の前からは、隠しようもない肉の谷間が露《あら》わとなっていた。

「天使？」

杵築は思わず呟《つぶや》いていた。

「この美人のお姉さんが天使だとでもいうのかい？　僕にはただの浴衣を着た美女にしか見えないけど」

天使とやらが軽く会釈をした。

「私の容姿をお褒《ほ》めいただき、まことにありがとうございます」

「どうして天使が日本伝統の民族衣装でこんなところにいるんだい？」

建御が暗い声で、

「俺《おれ》だってそう思うんだが、おかげで安心したよ。お前にもこいつらが見えるんだな？」

改めて杵築は室内に目を配り直した。天使よりももっと異様な者がそこにいる。

その一つはテレビの間近に座り込んでゲームパッドをガチャつかせていた。

人相風体《にんそうふうてい》は杵築や建御と同じくらい年齢《ねんれい》、真夏だというのに全身黒ずくめの格好《かっこう》をしている。細かなコーディネートに注目してみると、黒のインナーにボア付き黒ジャケット、缶バッヂの付いた黒いニット帽に、黒いロングローライズパンツと黒ソックスで、当然のように目と髪の色も黒く、しかもそのすべてがマット加工されたように曇《くも》っていた。

その中性的な少年のように見える黒衣の者は、杵築《きづき》や建御《たけみ》をいっさい振り返ることなく、ただバルバドスでアファームドSを倒す操作《そうさ》に熱中《ねっちゅう》しているようだ。

杵築は疑問を言葉に出した。

「誰《だれ》？」

「そいつが悪魔《あくま》だ」

教えたのは建御である。

「そうだったよな、天使」

「ええ、その通りです。彼が悪魔であってますよ。私が言うのですから間違いはありません」

天使が胸を張って請《う》け負《お》い、ウチワを片手に自分を仰ぎ始めた。

それを見て初めて杵築は部屋にエアコンが効いていないことに気づいた。それどころか生温《なまぬる》い微風《そよかぜ》がどこからか漂っていて、ではどこからかと顔を向けると、建御の部屋の窓には大穴が開《あ》いていた。まるで誰かが突き破ったように粉々に砕け散っている。

杵築の視線《しせん》の先を読んだのだろう、

「死神のせいだ」

建御が腹立ちを紛らわすように苛立《いらだ》った声を出す。

「いきなり外から窓に体当たりしてぶち割りやがった」

「六階の窓に？」

「ああ。だから非常識《ひじょうしき》だと言うんだ。空を飛べるくせにノックの仕方も知らんとは、まだ玄関から入ってきた天使と悪魔のほうがマシだぜ」

建御の殺意のこもった目が床の一点に落とされる。

そこに三人目の闖入者《ちんにゅうしゃ》がいて、ぺたんと座っていた。その引き結んでいた唇が開かれて、

「せっかくの登場シーンなのだ。ハデなほうが喜ばれるかと熟考《じゅっこう》した結果である」

幼女にしか見えなかった。どことなく眠そうな目つきをしたその幼女は、やけに古風な物言いで、

「謝罪《しゃざい》なら何度もしたであろうが。しつこい人間だな、そなたも。我《われ》のサービス精神を理解しないほうが狭量《きょうりょう》のそしりを免《まぬか》れまい。そちらの友人殿なら解《わか》ってくれるのではないか？　どうであろう。一糸まとわぬ我が突如として窓から飛び込んだなら、喜ばしく思うのではあるまいか」

眠たげな瞳《ひとみ》が杵築を見上げてくる。推定十歳未満かと見当をつける。

「これが死神？　どこが？」

またもや疑問が漏れた。それもそうだ。その幼女は明らかに建御のものと解るトレーナーをぶかぶかと着ている。指先まで完全に隠れているが、どうやら着ているものはそれだけらしく膝上《ひざうえ》から下には生白《なまじろ》い両足が無防備に生《は》えていた。

「ああ……」

建御《たけみ》は目を覆《おお》うようにして、

「最初は素っ裸同然だったんだ。だが、いくらなんでもそりゃマズいだろうよ。とりあえず俺《おれ》の服を着せておいた。そのままにしといて万一オカンに見つかったら、俺はその窓からフルジャンプする以外に道がねえ」

どう見ても一桁代《ひとけただい》にしか思えない少女はついと眉《まゆ》を上げた。

「それは異な事を言う。そなたの母に目撃《もくげき》されなければよいとでも言うのか。現にこの場にそなたの母とやらは在しないではないか。ならば我《われ》がこの貫頭衣類《かんとういるい》を脱ぎ捨ててもよいということになる。そうさせてもらう」

舌足らずな声で言うや否や、少女は思い切りよくトレーナーを脱いで、見せつけるように立ち上がった。

「我の配慮《はいりよ》を快く受け取るがよかろう」

自室に幼女を連れ込んで裸に剥《む》いている二人の高校生——。今の杵築《きづき》と建御を言い表す言葉として、それ以外に合致するセンテンスは存在しないのではないかと思われた。

建御が頭を抱え、杵築は死神と紹介された裸身をしげしげと眺めるばかりである。

「遠慮はいらない。何なりとやってくれるがよかろう」

無言が建御の部屋に充満し、杵築は自分は何のためにここに来たのか原因を追及し始めた。

死神だけが言葉を操《あやつ》っている。

「まだ足りないと言うのか。いいだろう、言うがよい。オプション装備は可能だ。クツシタだけは履《は》かせておくのがいいか。何ならポーズの要望も受け付けよう」

無言の神はなかなか帰ろうとしなかった。

「視覚情報のみではダメとでも言いたいか。なるほど、理解できる。全然スッキリしないであろうからな。了解した。では我がこの肉体を使って魂が抜けるくらいの煩悩《ぼんのう》を吸い出したり搾《しぼ》り取ったり締《し》め上げたりしてみせようではないか。まずどの穴から使用するか？」

見かけ十歳未満の少女を部屋に連れ込んでアヤシゲな行為を振《ふ》る舞《ま》おうとしている高校男子コンビ。傍目《はため》から見ると、どうやってもイイワケのしようがない人間失格犯罪者である。

建御が弱々しく呟《つぶや》く。

「服を着てくれ。今はそんな気分じゃやねえ」

死神は不服そうでもなく、生真面目《きまじめ》な口調《くちょう》を続行、

「残念である。そなたのカチカチになったやつを思うさまブチ込んで欲しかったものを。せっかくめくるめく愉悦を獣《けもの》のように貪《むさぼ》ろうと思っておったのに、この身に蓄積《ちくせき》した獣欲《じゅうよく》を解消できないとは遺憾《いかん》である」

「いいから服を着ろ。いいか、じっとしてろよ」

建御はトレーナーを取り上げると、そのまま勢いよく死神の頭にかぶせた。一気に膝《ひざ》までず

りおろす。襟《えり》が頭に引っかかってジャミラになったが、死神は俊敏な亀《かめ》のようにぴょこりと顔を出すと、ゆっくりと袖《そで》を腕に通して言った。

「難《むずか》しいものだな」

「そんなのではダメですよ」

天使が首を振りつつ苦笑していた。

「死神さん、そうやって自分から押していくのも善《よ》し悪《あ》しですよ。こういう場合、重要視されるのは恥じらいです。衣服を一枚落としていくたびに頰《ほお》を朱に染めるとか、だいたいもっとオズオズとした感じで脱がないと効果も激減《げきげん》するでしょう。普段《ふだん》は清楚《せいそ》で『わたしそんなこと何一つ知りませんっ』という人物が、いざというときに積極的《せっきょくてき》になるとかだったらまだ解《わか》りますが」

「やはり、難しいものだ」

「ええ、難しいんですよ。意味なく露出《ろしゅつ》すればいいというものではありません。そこに至るプロセスが大事なのです。さりげなくやらないと単にあざといだけですからね。私は感心しません」

天使は諭《さと》すように、

「加えてあなたのセリフにも問題がありますね。あまりにも直情的です。最初は拒否しておきながら徐々に心も身体《からだ》も許していくように演出しないと。いかに現代の男どもが弱体化していようと、興《きょう》ざめと言わざるを得ないでしょう」

「それは貴様の趣味《しゅみ》だろう」

それが杵築《きづき》が初めて聞く記念すべき悪魔《あくま》の声だった。悪魔はテレビに視線《しせん》を釘付《くぎづ》けたまま、いそがしくコントローラーを操作《そうさ》しながら吐き捨てるようにコメントした。

「ヤれりゃ何だっていいんだ」

記念も何もないな、と杵築はぼんやりした感想を覚えた。

「我《われ》もそう思ったゆえ」と死神。「ようするに溜《た》まっているものを出せばいいのであろう？ゴール地点が決まっているのだから、遠回しな表現なんか端折《はしょ》って一気にヤってしまえばよいのだ。時間は有効に使うべきである」

「現実でそんなことをしたら十中八九犯罪ですよ」と天使。「私見を述べさせもらいますと、それではただのエロです。もっとあなた向きのポジションがあるでしょう？　いわゆる性欲とは別のところで発生する概念で、あなたの容姿により合致するものが」

「何であろう、それは」

不思議《ふしぎ》そうな顔をする死神に、天使が優《やさ》しく微笑《ほほえ》んだ。

「定義を話し出すと非常に長い話になるでしょう。ただ一つ言えるのは、その概念は一人一人の心の中にあり、個々によって異なるという事実です。ある人はそれを至高のものとして崇《あが》め奉《たてまつ》り、ある人は屈折した愛情表現だとして断罪します。結論を出すのは容易なことではありません」

「そなたの意見を参考としたいものだ」

「いいですが、本当に長くなりますよ」

「かまわん」

「な？」

と、建御《たけみ》は疲れた顔で杵築《きづき》に言う。

「天使と死神がこんな下品なトークをやってて、しかも部屋の隅では幽霊《ゆうれい》が膝《ひざ》を抱えて暗い顔をしているんだ。俺《おれ》がおかしくなりかけるのも解《わか》るだろ？」

「まあね」

必ずしもそうではないと思ってはいたが、杵築は友人のためにもうなずいてやった。

彼らの横ではベッドに寝そべって優雅《ゆうが》にウチワを使い天使と名乗る金髪美女と、ベッドの脇《わき》に正座して天使の言葉に耳を傾ける素肌にトレーナー一丁という自称もしていないがいつの間にか死神ということになっている幼女がいて、悪魔《あくま》らしき黒衣の無愛想《ぶあいそう》な少年は自機《じき》のバルバドスをCPU操《あやつ》るドルドレイによって撃破《げきは》され舌打ちを漏らしていた。

僕がするべきことは何だろう。

いちおう、そんな疑問を申《もう》し訳《わけ》程度に考えて、それから質問する。

「天使と死神と悪魔については解ったよ。最後の一つ、幽霊はどこにいるんだって？」

建御はほうけた顔で友人を見つめた。

「お前……、解ったって、これだけであいつらが天使だの悪魔だのなんてのを信じたのか？」

「そう言ったのはキミじゃないか。だから僕のデートの邪魔をしてまで電話してきたんだろう？　あの三人が自分たちの役名を騙《かた》るただの人間なら体《てい》よく騙《だま》されたことになるけど、どちらかというと本物の悪魔が出てくるよりそっちのほうがいいと思わないかい？」

「そうかもしれんが、そんな頭のぶっ飛んだ連中が俺の部屋にいる説明にはならねえ。まあ、あいつらは置いといてもかまわん。天使の振りをしたイカレたねーちゃんなのかもしれねえ。だが、幽霊だけは説明がつかんぞ」

「だからどこなんだい？」

「そこだ。その部屋の隅っこにいるだろう」

建御の指さした方向に幽霊がいた。

「なるほど。存在感が薄《うす》すぎて気づかなかったよ」

「幽霊だからな」

その幽霊は杵築《きづき》たちと同年代に見えた。普通に少年の姿をしている。確《たし》かにその姿を見れば、幽霊としか形容できない。何と言っても身体《からだ》が半透明に透けている。他《ほか》の三名がまるで天使でも悪魔でも死神でもなさそうに見えるのとは大違いだが、天使だの悪魔だのというのが真実とは確定《かくてい》していない。自分が何者か名乗ったのは天使だけだ。

しかし幽霊《ゆうれい》は一見して解《わか》る。生《い》き霊《りょう》か死霊《しりょう》かはともかく、幽霊には違いなかった。ただし足があるし、古式ゆかしい経帷子《きょうかたびら》はとうに流行《はや》らなくなっているようで、いかにも普段着《ふだんぎ》ですといったカジュアルな装いをしている。西洋式ゴーストらしい。

幽霊の少年は壁《かべ》に半ばめり込むようにして体育座りでうずくまっていた。

「信じてもいい気分になってきたよ。幽霊がいるんなら死神がいてもおかしくないね。その死神があのお姉さんを天使と言うんだったらそうなんだろうし、その天使は片割れを悪魔《あくま》だと証言してくれている」

そういうことになっているのだろう。

「やあ」

杵築《きづき》は声をかけてみた。ゆらりと顔が上げられる。建御《たけみ》の言葉通り、幽霊の顔はひたすら暗かった。今にも自殺しそうな思い悩んだ表情だ。

「キミはどうしてこんなところにいるんだ？」

《わからない》

声とも思念ともつかないものが聞こえた。幽霊は泣き出しそうな顔で杵築を見つめていたが、再びゆるゆると顔を膝《ひざ》の上に伏せた。

「どうして幽霊になんかなった？」

《わからない》

「何で死んだのかな。原因は？」
《わからないんだ。ぜんぜん》
幽霊となった少年は横目で死神をうかがっているようだった。杵築はその目に怯《おび》えがあることを見て取り、なんとなく納得した。ちなみにその死神は天使と何やら熱《あつ》く語り合っている様《よう》子《す》である。
《気が付いたらこんな姿になってたんだ。それで、ぼうっとしてたら、死神がやって来た》
「よくあんな格好《かっこう》してるのを見て死神だと気づけたね」
《死神だって言ってたから、そうなんだと思って》
言葉足らずだと思ったか、木訥《ぼくとつ》と付言する。
《僕の姿が見えるみたいだったし……。通行人が何度も目の前を通ったけど、僕のことは誰《だれ》一人気づいてくれなかった……でも、あの子は違った。なんだか恐《こわ》い感じだった》
「それで逃げ出したんだね」
《うん、そう。このまま連れて行かれるのはいやだった。だって僕はどうして自分が死んでるのかさっぱり解らないんだ。未練ありまくりだよ》
「同情するよ」
心にもないことを言えるのは杵築の特徴の一つだ。
《ありがとう》

幽霊《ゆうれい》は素直に受け取って、ふと気づいたように、
《キミたちにも僕が見えるんだね》
「そうみたいだね。不思議《ふしぎ》なことに」
死神の後ろ姿を見てから、
「でも、何だって建御《たけみ》の部屋に逃げ込んだんだろう。生前の知り合いだったのかな」
「俺《おれ》は知らねえぞ」
建御が割り込んできた。
「悪いが、こんな奴《やつ》に見覚えはねえ。恨まれる筋合いも、化けて出られるようなこともした記《き》憶《おく》はねえよ」
《ごめん。キミに迷惑をかけるつもりじゃなかったんだ》
幽霊の声はますます細く、
《この部屋から変な力を感じたんだ。ここに来れば何とかなるんじゃないかっていう、そんな気がしたんだよ。僕は死神じゃなければなんだってよかったんだ》
「よく解《わか》らないけど、すでに部屋に来ていたという天使と悪魔《あくま》を感じ取ったんだろうね。それ以外に話の展開が結びつかない」
杵築《きづき》は未《いま》だ名も知れぬ幽霊から目を離《はな》し、建御に囁《ささや》きかけた。
「ちょっと話を整理させてくれないかな。何だかややこしいことになってる気がする」

「いいとも。いくらでも整理してくれ。俺はガラスの破片と天使の羽毛の片づけで疲労困憊《ひろうこんぱい》した。お前がつじつま合わせをしてくれたらありがたいことこの上ない」

「最初から順序立てて説明して欲しいね。時系列に沿ってさ、まず誰《だれ》とどこで出会って、それで何があって、今こんなことになってるのか。ところで天使の羽毛って何だい？」

「ああ……。解った。説明してやる。だが、それが終わったらお前も説明してくれ。俺はいったい何をすればいいんだ？」

そんなものは、と杵築は思う。

何とでもなるんだよ。

＊＊＊

俺がプールから帰ってきたら、と建御は話し始めた。

「玄関のドアが開いていた。別に不思議《ふしぎ》じゃない。お袋がロックし忘れたんだろうと思ったくらいだ」

しかし自室の扉を開けた建御は呆然《ぼうぜん》として立ちつくし、しかし瞬《しゅんじ》時に立ち直って大音声《だいおんじょう》を発することになった。

「誰だ、お前は！」

ベッドに腰掛けていた浴衣姿《ゆかたすがた》の女が、悠然《ゆうぜん》たる微笑《ほほえ》みを建御《たけみ》に向けて言った。

「私は天使です」

あほか、と建御は思った。どこの世界にこんな天使がいるものか。

しかしその金髪女はまったく動じず、それどころか笑《え》みを拡大させつつ、

「あなたが呼んだんじゃないんですか？　それなのに、誰《だれ》だとは何事です。ああ、私じゃないほうをお求めでしたか、それならほら、そこにおられますので、存分に何でも要求すればよいでしょう」

艶《あで》やかな仕草《しぐさ》で女は顎《あご》を反らした。

ようやく目線《めせん》を引きはがした建御は、部屋にもう一人の人物がいるのを発見し、こう叫んだ。

「誰だ、お前は！」

見るからに暑苦しい扮装《ふんそう》をしたそいつはテレビのリモコンをせわしなく弄《いじ》っていたが、やがて面倒《めんどう》くさそうに振り返って答えた。

「悪魔《あくま》だ。見て解《わか》らないか」

解るわけがない。二の句を必死で探す建御に、悪魔はぶっきらぼうに言ってのけた。

「おい、これの動かし方を教えろ。説明書があればそれも持ってこい」

指さしているのは数世代前のコンシューマゲーム機《き》である。建御が中古屋から安く買ってきたものだ。

「出て行け」

建御は黒衣の少年に指を突きつけ、その腕を半周させてドアを示した。

「今なら110番は勘弁してやる。居直っても無駄《むだ》だぞ。この家には泥棒《どろぼう》に気い使うほどのもんは置いてねえ。あったら俺《おれ》がすでにちょろまかして売り飛ばしているからだ。オカンが帰ってきてお前らを俺のツレだと勘違いする前にとっとと失《う》せろ」

悪魔なる少年は建御に興味《きようみ》を失ったように前に向き直り、ゲーム本体から伸びるケーブル類がどこに至っているのかを確認《かくにん》し始めた。

その代わりのつもりか、浴衣女がフルートのような声で言う。

「それでしたら先にお詫《わ》びしておかねばなりませんね。あなたのお母上にはすでに面会を果たしました。なんせ、私たちを家に入れてくれたのはご母堂《ぼどう》ですから」

「なんだと？」

「私たちは何も押し込み強盗の真似《まね》をしたわけではありません。ちゃんと玄関でチャイムを鳴らしましたとも。出てこられたのは年齢《ねんれい》の割にはあどけなさを残した感じのいい婦人で、私たちが何も言わないうちに、あらあらどうぞどうぞ、などとおっしゃいまして、この部屋に通してくれたのです。どうもあなたの知り合いだと思い込まれたようですね」

「あのバカ！」

「生母たるお方をあしざまに罵《ののし》るのはいただけませんね。不道徳の極みですよ」

「オカンはどこだ」

「買い物に行かれるとのことでした。ちょうど出かけるところだったご様子《ようす》でしてね、私たちに留守役を申しつけ、そのまま」

「なんて脳天気なんだ。ちょっと考えたらこんなのが俺《おれ》の知り合いなわけないと解《わか》るだろうがっ！」

浴衣《ゆかた》の天使はくすくす笑いを漏らし、

「あなたも私たちを一見して解らなかったのですからおあいこです。それよりも、私――いや、そちらの悪魔《あくま》さんに用があったのはあなたではないのですか？」

建御《たけみ》は顔をしかめる。

「悪魔なんか呼んだ覚えはねえ。だいたい天使に悪魔だと？　あほか。そんな世迷い言を信じさせたいんならもっとそれらしい格好《かっこう》をしてきやがれ。誰《だれ》なんだお前らは」

「ですから私が天使で、そちらが悪魔です」

「嘘《うそ》つけバカ。そんなもんがほいほいとウロツキ回っているわけねえだろう。いたんだとしてもだ、天使だろうが悪魔だろうが俺んちに来ることがあるはずがねえ」

「それは妙ですね」

笑顔《えがお》のまま天使はやんわりと首を傾《かし》げて、

「私たちだって用もないのにいちいち地上に降臨《こうりん》したりはいたしません。やって来たのは呼ばれたからですよ。そうですよね、悪魔さん」

「ああ」

悪魔はようやく見つけ出したアダプターの先端をコンセントに装着したところだった。

「呼ばれたから来た。座標は確《たし》かにこの部屋にあたる空間を指していた。それだけだ。用があるならさっさと言え。それから、どれがゲーム用のチャンネルなのか教えろ」

「入力切り替えの一番目」

建御は徐々に脱力感に支配されるようになっていた。

「ついでに教えてやる、俺は悪魔にも天使にも用はない。信じてもない。家は代々のナントカ宗ナントカ派だ。消《き》え失《う》せろ」

「埒《らち》があきませんね」

浴衣の佳人《かじん》がにこやかに、

「では、少しは信じさせてあげましょう」

刹那《せつな》、浴衣姿が目映《まばゆ》い光に包まれた。まるで閃光手榴弾《せんこうしゅりゅうだん》をまとめて発火させたような輝《かがや》きで、こいつは俺の視神経を焼き切る気だと思った。と建御はのちに述懐《じゅっかい》した。

数秒の煌《きら》びやかな演出の後、ようやく建御の自室は平穏《へいおん》を取り戻し、建御は視力を取り戻した。

天使がいた。

「どうです。これで天使らしくなりましたか？」

白いひらひらした丈《たけ》の長いローブ、むき出しの背中から伸びているのは体長の数倍はありそうな二枚の白い翼《つばさ》、そして頭上にはエンゼルズハイロウ、後背で輝いているのは言わずとしれた後光である。

浴衣《ゆかた》から一瞬《いっしゅん》にして衣替えを果たしたその女は、何をどう見ても建御《たけみ》がイメージするところの普遍的な天使の姿に他《ほか》ならない。

「蠟細工《ろうざいく》でも張りぼてでもありませんよ。ほら」

と言って天使は羽ばたいた。ばっさばっさとリアルに動く翼は壊《こわ》れた扇風機《せんぷうき》のように風をまき散らし、ついでに大いに羽毛をまき散らした。

「解《わか》ったよ！」

たまらず建御は叫んだ。

「解ったって！　てめえはくそったれの天使だ！　今すぐそれをやめろ、部屋が毛だらけになるだろうが！　くそ、息がしにくいっ！」

「理解を得たようで何よりです」

天使は羽ばたきを止め、建御が目に入ったゴミのような羽毛を涙とともに流し捨てているうちに元の浴衣姿に戻っていた。よほど気に入っているらしい。

建御は陰鬱《いんうつ》な思いで床一面に敷《し》き詰《つ》められた天使の抜け毛を見渡した。誰《だれ》がこれを掃除するんだ？

天使はまだ舞《ま》っている自分の羽毛を指で一つ摘《つま》み上げると、ふっと息を吹いて飛ばし、大儀《たいぎ》を成し遂げたような顔になってベッドにしなだれかかった。

「ですけどね、天使に羽があろうがなかろうがそんなことはどうだっていいのです。考えてみてください。地球上の脊椎動物《せきついどうぶつ》は両手足あわせて二対四本を基本にしているのに、背中から羽《は》を生やしていたら三対六本になってしまうでしょう？　いったい天使は何をベースにして生み出されたのかと疑うべきですよ」

「虫だろうよ」と建御は投げやりに。

「もっとも、わざわざ地球生命の自然淘汰《しぜんとうた》的進化をベースに考える必然性がありませんね。こんなものはただのモチーフですので、原因を理詰めで解き明かす必要はないのです」

一方、悪魔《あくま》のほうはテレビとゲーム機《き》の接続を終え、メーカーのタイトルロゴを映し出すことに成功していた。

何を言うべきだろう、と建御は自問自答したあげく、ひたすら苦吟《くぎん》するしかなかった。

こいつらは天使と悪魔である。そこまではいいかもしれない。だが、そんなお呼びでもないコンビが俺《おれ》の部屋で寝てたり、ドリキャスを起動してたりする理由に思い至るふしが皆無《かいむ》であり、皆無である以上、こいつらに言うべき言葉は「帰れ」くらいであって、それはさっき言った。でもってこいつらは帰っていない。見た感じ、帰るつもりもなさそうだ。どうして母親はこんなの二人も招き入れやがったのか、諸悪の根元は誰《だれ》なのか、どこの教会に行けば引き取ってくれるのか。

つらつらと考えているうちにだんだん腹が立ってくる。あまりの不条理さに脳が現実認識《にんしき》を拒否し、やけっぱちになりかけている兆候だった。こういう場合はキレてしまったものの勝ちである。よし、キレよう。

建御《たけみ》が深々と息を吸い込んだとき、

《わあああああ！》

異質な声が沸騰《ふっとう》しかけた脳に飛び込んできた。ついでに窓から新たな異物までもが飛び込んできた。

「うええっ!?」

建御が飛びすさったのもやむを得ない仕儀《しぎ》であろう。そいつは閉じた窓ガラスを素通りしてやって来た。半透明の、少年の幽霊《ゆうれい》。

《た、たすけてっ》

幽霊は建御の足にすがりつこうともがいていた。言うまでもなく建御は幽霊にしがみつかれたくなんかはまったくない。たとえ感触が何もなくてもだ。

「うっ、うわ、どっか行け、こら！　来るなよ、バカ！」

《いやだあっ！》

幽霊も叫ぶが建御も叫ぶ。

「寄るな！　俺に触るな！　何だお前は！　帰ってくれ！」

何でもいい、投げつけようと視線《しせん》を飛ばした先の風景は、天使が人ごとのように幽霊を眺めていたり、悪魔がオープニングデモを食い入るように見つめているものばかり也《なり》。

やっぱりキレたほうがいい。それしかない。

三人まとめて始末してやる。学習机をぶん投げて圧死させてやろうじゃねえかこの野郎ども！　と、決意した建御が机の縁《ふち》に手をかけたとき、
ガラスを粉みじんにする音を伴侶《はんりょ》として第四の、そしてこれが最後の侵入者がけたたましく出現した。

「参上つかまつる」

頭からガラス窓に突っ込み、床を三回転ほどしてからすっくと立ち上がったのは――目を疑いたい――、ほぼ素っ裸の幼女だった。よく見るとボロ布を首にひっかけているが、申《もう》し訳《わけ》程度にもなっておらず、かえって全裸よりもいただけない。その幼女はじろりと建御を見て、

「我《われ》は死神。そなたに用はないが、そっちの霊魂《れいこん》の所有権は我にある。邪魔《じゃま》は許されない」

言語中枢に突発的な異常をきたしている建御は答えられない。

死神と自己紹介した少女は、ふと左右に目を配り、

「何ということだ、これは。なにゆえ同業他社の手先が二つもここにおるのだ」

そして建御《たけみ》に寝起きのような目を向けた。

「そなたが呼んだのか。何の目的でだ。余計なことをしてくれたものである。業務報告書を書くのが面倒《めんどう》になってきたではないか」

そんなことを言われても、と建御は思った。俺《おれ》は知らん。

「これはこれは死神さん」と天使が身を乗り出して、「こんなところで鉢合《はちあ》わせするとは、天文学的な確率《かくりつ》ですね。そもそも死神が地上でまだ活動していたとは、寡聞《かぶん》にして存じ上げませんでしたが」

「うむ」

死神は工作台よりも平らな胸を反らして、

「天使、そなたが仄聞《そくぶん》しているように、もう何千年も前から死神仕事はほとんどがオートメーション化されておる。生を終えた人間どもの魂は自動的に搬送され、処理される。おかげで我らの仕事と言えば、定期的にメーターを覗《のぞ》いて適正値を保っているかどうかを見守っているだけなのだ。滅多《めった》に故障もなく、保安契約も万全なものを結んでいる。ワークシェアもされているから食いっぱぐれることもない。実に安楽かつ安全な仕事内容である」

「いいですねえ」

天使は本気でうらやましがってる声を出した。

「天界にもその機械《きかい》を導入《どうにゅう》して欲しいですよ。こちらはまだ人海戦術頼りの手工業がメインなのでねえ」

「とは言え」と死神は幽霊《ゆうれい》に目線《めせん》を送った。「あまりにも無為なのだ。なにしろゴトゴトとコンベアが動いているのを見つめているだけなのでな。途方もなく無為すぎるゆえ、たまには刺激《しげき》も必要であると少し前に組合が一つの案を考え出した。自動霊魂収集装置に新たなプログラムを付与したのだ。一定以上の間隔においてランダムに誤作動を生ぜしめるプログラムである」

「それでですか。そちらの幽霊さんは、その意図的な誤作動によって死神機械の網の目をくぐり抜けたのですね」

「いかにも。たまたま今週の当番が我であった。そうでなければ我がこのような人界に登場することもなかったであろう。幸運である」

寝入って三十分で起こされた直後のような目つきは嬉《うれ》しがっているようには見えないが、死神は続けて、

「地上もたまには悪くない。毎度来るとなると嫌《いや》になるだろうが、これはこれで気晴らしになる程度には面白《おもしろ》い場所と言えよう。だが、まさか天使と悪魔《あくま》がいるとは思わなかった」

一番思わなかったのはこの俺だ！　建御はそう叫びたかった。叫ばなかったのは足下にまとわりつく幽霊を振り払うのにいそがしかったことと、死神のあんまりな格好《かっこう》に声帯が麻痺《まひ》していたからだ。いくら何でもおかしすぎる。浴衣姿《ゆかたすがた》の天使が一万倍もマシに見える。そしてそんなものがマシに見えると思う時点でもうどこかおかしいのだ。

「そういうわけだ」と死神。「我《われ》はこの亡者《もうじゃ》を確保《かくほ》の後、連行し、加工処理せねばならない。天使と悪魔《あくま》に問う。汝《なんじ》らは我の公務を妨害する気があるやなしや」

「本来なら看過するべきなんでしょうけどもね。管轄違《かんかつちが》いですし」

《いやだ！》

建御《たけみ》が何の役にも立たないと感じたのだろう、幽霊《ゆうれい》の少年は今度は天使のもとに素早《すばや》く移動した。

《助けてよ、ねえ、お願《ねが》いだ、僕はまだどこにも行きたくないよ！　本当に僕は死んでいるの？　信じられないよ！》

百パーセント死んでいる、と建御は思ったものの、やはり声帯は復活していない。

「いやがってる者を強権力でやり込めるのは倫理的に許容できませんね。せめて自分から求め出すようになるのを待ってあげたらいかがです？」

「天使よ。我らは確《たし》かに時間をもてあましているが、だからと言って永劫《えいごう》の時を待つつもりはないのだ。それはとても退屈なことなのだ」

「よく解《わか》りますよ。しかし私も天使の末席を汚す身です。助けを求めて鳴《な》き喚《わめ》く哀れな子羊を足蹴《あしげ》にするのも心の片隅が若干痛むというものですよ」

ぜんぜん痛みの欠片《かけら》もないような笑顔《えがお》で、

「それに無為なのは私たちも同じです。思うにその幽霊くんはけっこう遊べそうではないですか。どうです、死神さん。しばらく私たちとこの世で遊行《ゆうこう》していきませんか？　なんなら上申書に連名で署名捺印《しょめいなついん》してもいいですよ」

死神はひたすらボンヤリした目を天使に向けていたが、幽霊に向き直り、悪魔を一瞥《いちべつ》し、最後に建御へ電柱を見る目をよこしてから、

「よかろう。だが長居はできないぞ。我は仕事中なのだ」

「ええ、それもよく解ります。実を言うと私もまた勤務中なのですから。彼も」

その彼とはパッドのAボタンを連打している悪魔のことらしかった。人の家に上がり込んでゲームするという仕事があるなら是非そこに就　職《しゅうしょく》したい。

建御は麻痺《まひ》した頭を振りながら、声より先に両足の制御を取り戻した。よろよろと衣装戸棚に歩み寄り、適当な衣類を引っ張り出す。

幽霊が身を丸めるようにしてわだかまっているのを横目に、すっかり意思の疎通を完了させたような顔を見合わせている二人のもとに向かう。

やっと声が出た。

「おい、死神とかいうやつ」

「何であろう」

建御は手にしたトレーナーをつき出して、できるだけ厳《おごそ》かに言った。

「服を着ろ」

そして受話器を取ると、杵築《きづき》の携帯に祈りを込めた電話をかけ始めた……。

＊＊＊

「と、まあ、そんな具合だ」

語り終えた建御《たけみ》はぐったりと座り込んだ。幽霊《ゆうれい》と仲良く並んでの体育座り。

「お前が来るまでの間に掃除だけは終わった。それ以外に終わったことは何もねえ。何も解《わか》らん。ああ、この幽霊野郎の名前だけは解ったが」

事代和紀《ことしろかずき》、というのが彼の名であるらしい。

「事代くんね」

しばらく舌先でその名を転がし、

「聞いたことないね。歳《とし》は？」

《今年《ことし》で十六になったよ》

「じゃあ僕らと同じだ」

《……そう？》

「どこの高校だい？」

《思い出せない……。断片的にしか記憶《きおく》がないんだ。どうしてだろう……？》

打ちひしがれた様子《ようす》の事代はポツリと言い、首をうなだれさせた。生前の記憶の中をさまよっているのか、透けた肩が小刻みに震《ふる》えている。痛々しさを感じずにはいられなかった。杵築には彼の生き様を知るすべはなかったが、それでも事代が誠実な人柄を持つ生者だったことを類推するに足りた。少なくとも自分よりはよほど人間的な少年だっただろう。なのに事代は死んで幽霊となり、自分はのうのうと破滅的な生を過ごしている……。

「そうだった」

杵築は腕時計を見る。

「僕はデートの途中だったんだよな。ミワは夜でもいいと言ってくれたけど、できれば早いほうがいいんだ。帰っていいかな」

「こいつらをどうにかしてから行ってくれ」

無理な注文を建御が要求し、じとりとした目を杵築の足下に向けた。きびすを返そうものならすがりついてでも止める、みたいな迫力のある眼光をしていた。

「仕方ないな」

肩をすくめて杵築はベッドの方角に目をやった。

天使と死神が何かをしゃべり続けている。

「だからだ、現実にやってしまう前に一本抜いておけばよいのだ。妄想相手ならどんな非道な振《ふ》る舞《ま》いをしても罪にならない」

そのようなことを死神は言っている。

「つまりそれなのだ。何かをネタにして抜いた直後でも、その何かに対して情愛を感じることができればいいのである。単なるズリネタならとっとと片づけたくなるものだ。そうであろう？」

「なぁ」

建御《たけみ》は両手で頭を押さえながら、

「ほっといたらこいつらずっとこんな調子《ちょうし》だろうよ。どうすりゃいいんだろうな？」

「僕に訊《き》かれてもね」

杵築《きづき》は事代《ことしろ》の前に座って、しばらく考え込んだ。

何の意味もなく浴衣《ゆかた》を着て怠惰《たいだ》に寝そべる天使と、その天使と幽霊《ゆうれい》そっちのけで胡乱《うろん》なことを語り合っている死神幼女、悪魔《あくま》はと言えば単なる初心者ゲーマーとしてテレビ画面に張り付いているだけ、幽霊はすっかり鬱《うつ》化して陰々滅々《いんいんめつめつ》たる空気を存分に振りまき、その気に当てられたのか建御までもが暗くなって無思考モードに陥っている。

誰《だれ》も何もする気がないのであれば、と杵築は漫然と思う。

僕がするか。

「事代くん」

呼びかけに、半透明の身体《からだ》がぴくりと動く。

「キミの望みは何だい。どうすれば成仏《じょうぶつ》する気になる？」

《どうして僕は死んだのか、知りたい》

真面目《まじめ》そうな顔を上げた事代は、

《もうそれだけでもいいよ。いろいろやり残したことはあるけど……、もっと生きていたかったけど、こうなっちゃったものはしょうがないよ。あきらめる》

「言っちゃ何だけど潔《いさぎよ》いね。感服するよ」

杵築は表面だけはそう取《と》り繕《つくろ》っておいて、今度は建御に言った。

「これで一つは解決のめどが立ったと言うものさ。事代くんが成仏するんなら死神もそれに付き合って消えてくれるだろう」

「だと、いいんだが」

建御は疑わしい目をだぶだぶのトレーナー姿に向けた。杵築はそんな様子《ようす》を冷静に観察《かんさつ》しながら、

「問題は天使と悪魔のほうだね。うん、たぶん飽きたらどこかに行くんじゃないかな。死神と違ってやる気が感じられないしさ。まだよく解《わか》らないこともあるな。誰《だれ》かに呼ばれて出てきたってのはいいけど、どうして悪魔と天使が同時に出てくるんだ？」

「知らん」

「後で尋《たず》ねることにしよう。案外重要なことかもしれないからね」

「後っていつだよ。今訊《き》いてくれよ」
「何だか論争中みたいだし邪魔《じゃま》してヘソを曲げられても困る。その間に僕たちは僕たちですべきことを考えておこう」
杵築《きづき》は唇の端を指で押さえつつ、
「まず事代《ことしろ》くんに訊きたい。キミが覚えている最後の記憶《きおく》は何かな。思い出せる範囲《はんい》でいいから教えてくれないか。どこまで解《わか》る？」
《夜》
存在感の限りなく薄《うす》い少年は目を伏せたまま答える。
《そう……夜だ。僕は夜道を歩いていた。空には明るい星が瞬《またた》いていて……あれは火星か木星かな、って考えていた》
事代は訥々《とつとつ》としたセリフを刻む。
《思い出した。塾の帰りだったんだ。十時頃《ごろ》かな……。いつも通っている道だ。家の近くの……人通りのない……》
「それはいつのこと？」
《夏休み……あ、八月に入っていたはずだよ。休みももう一ヶ月を切ったって思った記憶があるんだ。でも、細かいことは思い出せない……》
「じゃあ、キミがその姿で、ええと、幽霊《ゆうれい》みたいになっているのに気づいたとき、キミはどこにいた？」
《ああ……。そうだね、それも思い出した。僕はその道にいた。気づいたら道ばたに立ってたんだ。それでどうして僕はここにいるんだろうって思ったんだ。歩こうとしても歩けない。よく見たら僕の身体《からだ》は透き通っていた》
事代の口調《くちょう》が熱《ねつ》を帯びる。
《そうだ。家に帰らなきゃって思って、懸命《けんめい》に身体を動かそうとして、でも上手《うま》くできなくて、何度も太陽が昇ったり沈んだりを見た。そうしているうちに……あの子が……死神が来たんだ……》
杵築と建御《たけみ》は耳を静かに傾けている。
《案内するって言った。僕はいやだった。だって僕はまだ死にたくない。誰《だれ》にもさよならを言えてない。逃げようとしても身体が動かなくて……。その時、遠くのほうで強い力を感じたんだよ。そこに行けば何とかなるような気がした。そこに行けって心から念じたんだ。そしたら、空を飛んでいた》
建御が唸《うな》り声を上げた。
「それ、天使の野郎が光り出したからじゃねえだろうな……」
「そうなんじゃないかな」と杵築も首肯《しゅこう》する。「本能的に察知するものがあったんだろう」
本能と無意識《むいしき》は二大便利な言葉である。何であれそう言ってしまえばそれらしく聞こえる。

どちらも自覚がないからこそ、本人の意志とは無縁《むえん》なところで論《ろん》じることができるからだ。理解不能な行動を取る人間を見たとき、このどちらかを使用すればまず問題なく解決する。解決しなくても論旨《ろんし》を押し通すことができる。

「その夜道で何かあったんだろうね」

杵築《きづき》はいかにも思慮《しりよぶか》深そうに言う。

「記憶《きおく》がそこで途切《とぎ》れているということは、キミが何かを見たり聞いたりする間もなく意識が途切れたということさ」

事代《ことしろ》と建御《たけみ》はそろって杵築を見上げていた。

「死因ならすぐ解《わか》ると思うよ。ネットで調《しら》べたらあっさり出てくるかもしれない。もしこれが事件なら新聞に載っている可能性も大だ。僕には覚えがないけど、建御、ここ最近で付近で高校生が事故でも過失でも故意でもいい、死んだっていう記事を見たことはないか？」

「あいにく俺《おれ》は新聞をほとんど読まねぇ」と建御。「だが近所で事件が起きたらそれなりに話題になるだろうよ。噂話《うわさばなし》くらいにはなるはずだ。俺は聞いてねぇな」

「それは別にいいよ。事代くん、自分の家の住所は解る？」

強烈な頭痛を堪《こら》えるように、事代は頭を抱えた。

《……思い出せない。なぜだろう。家族の顔は覚えているのに……どうして》

杵築は事代の顔に注目した。嘘《うそ》かどうか見抜こうとしたわけではなく、幽霊《ゆうれい》でも涙を流すのか見極めたかっただけだ。

「残念だね。そこに行けばキミの身の上がすぐに解っただろうけど」

あるいは解らないほうがいいことが解るかもしれない。誰も知りたくないような、そんな真実を知ることに何の意味があるというのだ。このまま天使も悪魔《あくま》も死神も幽霊も見なかったことにして、立ち去るほうがいいのではないだろうか。無知の幸福。それがどれだけ幸せなことだと、いったい何人が知っているだろう。

思索にふけるように黙《だま》った杵築を、幽霊が怯《おび》えたような目で追う。やはり不安なのだろう。調査対象《ちょうさ》が自分の死なのだからなおさらだ。

建御がイライラと額《ひたい》を拳《こぶし》で叩《たた》いた。

「そこの幽霊、いや事代か。どうして気づいたときに家なり知り合いを捜さなかったんだ？ぼさっと道ばたに立ってるより他《ほか》にすることがあっただろうよ」

《考えることができなかったよ。何もすることができなかったんだ。あの死神が来るまで、僕は自分がどうなっているのかも解らなかった。お前は死んでいるから連れて行く、って言われて、初めて僕は自分が幽霊みたいな姿になってると解ったんだよ》

「じゃあ今すぐすっ飛んで、空から自分の家を探せばいいじゃねえか。家族の顔は覚えてるんだろ」

《それは……》

事代《ことしろ》は青ざめた姿を震《ふる》わせて絶句した。

「いいじゃないか、建御《たけみ》」

杵築《きづき》は擁護《ようご》に入る。

「自分の目で見るより他人から聞いたほうがマシに思えることだってあるよ。幸い僕らは夏休みなんだし、時間なら浴びるほどある。明日《あした》にでも彼の家を調《しら》べて様子《ようす》をうかがいに行ってみよう」

「もっと手っ取り早くいかねえのか。警察《けいさつ》に電話して事件があったかどうか訊《き》くってのはどうだ？」

「僕は気が進まないね。質問の内容はどうするんだい？　事代和紀《かずき》くんという事件被害者がいなかったかどうかを訊くのかな？　警察はどうしてキミがそんなことを知りたがるのか興味《きょうみ》を持つだろうね。何と答える？」

「それはだな、本人の幽霊が出てきて……」

セリフを尻《しり》すぼませて、建御は天を仰いだ。

「死んだ理由を聞くまで成仏《じょうぶつ》しないと頑張っているから……では、やっぱりだめか」

「僕が警察の立場なら信用しないね。事代くんと今まで何の繋《つな》がりもなかった高校生が、突然そんなことを言い出したのならね」

「ああ、そうだな。お前が正しい」

ぶつりと付け加える。

「お前はいつも正しいんだ。俺《おれ》が正しかったためしはねぇ」

杵築は聞こえなかったふりをして事代に、

「安心して欲しい。ちょっとした伝手《つて》があって、この手の情報なら比較的簡単《かんたん》に入手できるんだ。調べてもらうことにするさ」

《あ、ありがとう……》

子鹿《こじか》のような目で事代は頭を下げる。

「まあ、いきなりすぐにってわけにもいかないけど、そう何日もかからないと思う」

《うん、待てるよ。さっきまでに比べたら、どうってことない》

「おい、ちょっと待てよ」

建御が片手を振りながら、

「お前はそれでいいかもしれんが俺はどうなる？　というかだ、こいつらはそれまでここにいやがるのか？」

「事代くんが成仏《じょうぶつ》すれば死神もいなくなるだろうね。天使と悪魔《あくま》のほうは、うん、ちょっと僕にも解《わか》らない」

「お前が引き取ってくれ」

「遠慮《えんりょ》したいね」

建御《たけみ》が杵築《きづき》の無責任ぶりを追及しようと口を開《あ》けたとき、

「待たせたようだ」

死神が三名の前に佇立《ちょりつ》し、今にもあくびしそうな顔で言った。彼女の背後では、天使がたおやかにウチワを振っている。

「いちおうの結論が出たので伝達しておいたほうがいいと思ったのだ」

人間二人と一体の幽霊《ゆうれい》はどうでもよさそうな目で二体の非《ひ》常識《じょうしき》を見た。

「何だっけ？」と杵築。

「萌《も》えとエロの違いだ」

死神は自信たっぷりに、

「何らかの対象をオカズにオナニーしたとして射精直後でもその対象を愛する気持ちが薄《うす》れなければそれは萌えだ。それ以外の場合はエロである」

建御は悪夢を見るような目を死神に向けた。

「…………何の話をしてたんだ、お前らは」

杵築は無言で肩をすくめる。極論に付き合う気は彼にはない。

「私としましては別の視点から意見を主張したいところですがね」

天使が口を挟んだ。

「前者はあくまで自然発生的なものに留《とど》まっていないといけません。恣意的《しいてき》なイデオロギーは容易に自己欺瞞《じこぎまん》へと移行するものです」

「それはまさしくそなたの個人的見解にすぎない」

死神はひるまない。

「自在たりえる実体はそうそう道に転がってはいない。ましてや窓から突然飛び込んでくることなどありえまい。ならば思索の果てに手に入れようとする行為に何も矛盾《むじゅん》はないであろう。欲望の解消に現実性は必要なく、むしろ邪魔《じゃま》である」

「性欲と可分的な思索行為に白濁液《はくだくえき》を飛ばす行為が関《かか》わっているという、その有り様《ありよう》がおかしいのです」

たしなめる口調《くちょう》の天使に対し、物怖《ものお》じしない死神は眠そうに答えた。

「妄想の中でならどんな変態行為も許される。たとえ死罪すら生温《なまぬる》いような犯罪行為であろうと考えるだけならただのネタとなる。この違いは大きいであろう」

「作為的な思索活動は私からすればすべてアイテムとして分類できるものでしかありません。形を伴わない妄想は不毛です。そう思いませんか？」

「思わない。分類しなければならない必然性が理解できない。そなたは間違っている」

「天然の素材にはレディメイドにない味があるのですよ。人は生きている限り常に栄養素を必要としますが、栄養があればそれでいいというわけではありません。味覚はそのためにあるのです」

「だからどうだと言うのか」

死神はゆっくりと瞬《まばた》きをして、

「天使よ、そなたが何を言わんとしているのか我《われ》には解《わか》らなくなってきた」

杵築《きづき》は首を振った。天使の言っていることは分裂している。死神は言っていることとやっていることが分裂している。おまけに話の内容が噛《か》み合っていない。会話にならないレベルだ。

天使は頭のかんざしを物憂《ものう》げに弄《いじ》りつつ、

「何であろうと飽和状態に陥った市場において個々の価値は著しく減退します。環境《かんきょう》に特化しすぎた進化は、やはり環境の変化によってやすやすと滅ぶのです。古生代前期の教訓をあなたは無視するつもりですか」

「市場経済と進化論的淘汰《とうた》を同列に並べるそなたのほうがどうかしている」と死神は反駁《はんばく》する。「それにカンブリア爆発《ばくはつ》は地質学的側面から反証可能であろう。どのみち我はそんな大昔のことを気にしたりはしないのである」

「少しは気にしてください。温故知新《おんこちしん》の心を忘れたものたちが一定量を超えたとき、歴史は必ず繰《く》り返されることになっているのです」

「そんな理屈を我は知らない。第一、どうでもよいことだ。人間のすることにもともと意味はないのである。好きなように生きて好きなように死ねばいい。我ら死神が気にするのは死んだ後の後始末くらいである」

「その点に関しては同感です」

ここで天使は晴れやかな笑《え》みをもって幽霊《ゆうれい》に言葉を投げかけた。

「というわけで、あなたがどんな理由で幽霊になったのかなんて、私たちにはどうだっていいことなのです。とっとと消滅すればいいものを、死んでもなお現世《げんせ》に執着するなんてくだらないことですよ」

それは僕もそうだな、と杵築は声に出さず吐露《とろ》した。死後にまで何かがあるのかと思うとげんなりすること甚《はなは》だしい。死は安らかな救済たりえるものではなかったのか。違うのだとしたら、では人間は何のために生き続けなければならないのだろう。すべてがリセットされるその日を待ち望んでいる人間は。

「てめえ、少しは人の気も考えろ！」

しゅんとなった事代《ことしろ》に代わって声を荒げたのは建御《たけみ》だった。

「どこが天使だ！　貴様、『ベルリン・天使の詩』を三十回観《み》て天使のなんたるかを勉強してこい！」

「あんな退屈な映画、観るとしても二回が限度です。『ローデッド・ウェポン』なら五十回観てもいいですが」

「てめえって奴《やつ》は……！　ヴェンダースに謝《あやま》れ！」

「彼に謝罪《しゃざい》すべきなのはリメイク版の製作スタッフのほうではないかと思いますが」

「ふざんけんな！」

「私は真面目《まじめ》に言っているのですが」

「ところで」と杵築《きづき》は冷静に、「呼ばれたから来たんだったね。天使と悪魔《あくま》を同時に召喚《しょうかん》するような魔術師みたいな人間が近くにいたというのかい？」

「結果的に同時になっただけです」

天使は死神の頭をぽんぽんと軽く叩《たた》いて、

「こちらの愛らしい死神さんと違い、私たちが自発的に降臨《こうりん》するようなことはありません。常に受け身なのですよ。人間が発した求めに応じてやってくるのです。ただし悪魔か天使、どちらか一方が人間界に出てくれば、そのぶんだけ正邪のバランスが崩れてしまいますから、天秤《てんびん》を損なわないようにセットで登場することになっているのです。ですので、悪魔か天使のどちらか一方を呼び出した場合でも、もれなくもう片方がついて来るという、まことにお得な買い物になっているのですよ」

天使的な微笑に陰りは皆無《かいむ》だった。

「今回の場合、どうやら召喚者の目的は悪魔さんのようですね。私はオマケです。まあ通販で買ったミキサーに頼んでもないのについてくる計量カップみたいなものだと思ってくださればいいでしょう」

恥じるわけでもなく堂々と言う天使の手から、死神はひょいと逃れた。

「呆《あき》れたシステムであるな。それでは意味がなかろう。昔はそうでなかったはずだ。天使と悪魔がそれぞれの都合で人間どもを玩具《おもちゃ》にしていた歴史を習った覚えがある」

「歴史の教科書はその都度《つど》書き直してしかるべきです。もっともこのシステムが確立《かくりつ》したのはここ最近のことでしてね、死神さんが知らなくても不思議《ふしぎ》ではありません。いちいち明文化するのも手間なので、アバウトにやっておいてほどよく煮詰《につ》まったあたりで慣習化《かんしゅうか》しようというのが我々と悪魔側の狙《ねら》いです」

「くだらない狙いである」

「ええ、まったく」

のどかにうなずく天使を、建御《たけみ》は気に入らないようだ。

「天使と悪魔が仲良くしててどうするよ。戦争やってんじゃなかったのか」

「そのような歴史があったような気もしますねえ。今でもどこかで局地戦をやってるのかもしれませんが。どこの世にも頭に血の昇りやすい連中は多いですから。しかし今の私たちには遠いどこかで発生している無関係な対岸の火事です」

建御が開いた口をふさぐ努力をしていると、

「おい、人間。訊《き》きたいことがある」

悪魔が声を出した。建御と杵築がそろって首をねじ曲げる。初めて悪魔のほうからまともなアクションが得られたことに不意をつかれていると、黒ずくめの端正な顔はこう問うた。

「必殺技の出し方を教えてくれ。中ボスが倒せない」

＊＊＊

母親が帰ってくるまでここにいてくれ、という建御《たけみ》の懇願《こんがん》に首を振り、杵築《きづき》は立ち上がった。

「僕はこれからミワのところに行かなくちゃならない。続きは明日《あした》でもいいだろう？　事代《ことしろ》くんの身の上も調《しら》べないといけないし、長々とここにいても進展しない」

「また烏衣《うい》の妹かよ」

建御はふくれ面《つら》で、

「あれだけ毎日ベタベタしておいて、まだ何かすることがあるってのか？」

「あるよ」

杵築は建御の目を見据えた。

「だって夜は長いからね」

思わず鼻白《はなじろ》んだ建御に杵築は微笑《ほほえ》み、

「それからキミのお母さんは僕が来るたびにやたら甘い手作りクッキーを振る舞《ま》おうとするだろう？　そりゃあ十年くらい前に絶賛《ぜっさん》したのは僕だよ。でも十年も食べ続けていたらけっこう辛《つら》いのさ。甘い物があまり好きじゃなくなるくらいの効果はあったよ」

「言っとくよ」

建御は顔をしかめて腕を組んだ。

「じゃあね、建御。明日の午前中に連絡するよ。それから今晩は何があっても僕は電話に出ないからそのつもりでいて欲しい。それじゃ」

恨み混じりの視線《しせん》を浴びつつ、杵築はさっさと撤退《てったい》した。

天使と悪魔《あくま》、死神と幽霊《ゆうれい》はそろって建御に視線を注ぎ、無言で部屋にわだかまり続けて、それ以上何の意見も述べようとしない。

ややあって、

「愉快なお友達です」

天使が単なる印象感想を述べ、

「随分《ずいぶん》と生気のない男であったな」

死神も感想を述べ、

「ああ。愉快で生気のない奴《やつ》なのさ。だが、ああなっちまったのはここ何年かの間でだが」

建御が感想の末尾を締《し》めくくり、ゲームにかかり切りの悪魔は積極的《せっきょくてき》に、落ち込むことにかまける幽霊は消極的に、無言を押し通していた。

ほどなく建御も無言の仲間入りをして、この部屋に居座るつもりらしいこの連中を母親にどう紹介しようかと悩み始める。

悪魔《あくま》の野郎は見てくれだけなら俺《おれ》の同級生あたりで通用する。幽霊《ゆうれい》の事代《ことしろ》は、ベッドの下にでも潜《もぐ》り込ませておけばいいだろう。タンスの中でもいい。だが、天使と死神はどうやってでも説明しづらい。浴衣《ゆかた》の金髪美人とパンツもはいていない幼女を何と言って納得させればいいのか。こんな知り合いが俺の交友録《こうゆうろく》に実はあったのだと言ったとしても、親ばかりでなく誰《だれ》がどう考えたっておかしいと思う。どっちか一人、無理にでも杵築《きづき》に背負わせるんだった。

ふう、と嘆息した建御《たけみ》は、幽霊以外の固有名詞を聞いていないことに今さらながらに思い至った。

「なぁ、お前らをどう呼んだらいいんだ？　天使と悪魔と死神なんてえのは役職《やくしょく》だろ。そんな役職は地上にねえ」

「名前なんかどうでもいいではないですか」

「いや」

意外にも死神が袖《そで》の垂れた片手を上げた。

「名前は重要である。ただの記号ではないのだ。端的に中身を表す最も簡単《かんたん》な解説文であろう」

淡々と不遜《ふそん》な口調《くちょう》で言う。

「たとえば悪田邪蛾丸《あくだじゃがまる》という名の人間がいたとしよう。どうであろう？　彼が善人であると誰が信じるのか」

「そんな名前の人間はいいねえ」

「現実にいるかいないかは問題ではない。むしろいてもらってはやっかいだからいなくていいのだが、我《われ》が言いたいのは悪田邪蛾丸という名が持っている象徴のことである」

「何のことだって？」

「一目で属性が解《わか》るであろう？　悪田邪蛾丸は二元論的に言って悪者属性で、もし彼が何らかの特殊能力を持っているのだとしたら、きっと奇態な蛾《が》の鱗粉《りんぷん》か何かを飛ばすなり撒《ま》くなりするといった毒性攻撃《こうげき》を使うに違いない」

「何の話だ？」

「つまりそれだけ名前から受ける印象は強く、それがゆえに重要だということなのだ。恋愛ドラマの主人公の名が悪田邪蛾丸なんてありえるはずもなく、もしあったとしたらそれは愉快犯的なギャグでしかなく、ギャグだとしてもあまり出来のいいものではない」

「どんな名前ならいいんだよ」

「ここは世界中に転がっている古典から持ってくるのが一番簡単《かんたん》で手っ取り早い。誰もが一度は聞いたことのあるようなネーミングで、耳通りのいい発音を持つものがよい。母音の少ない異国の言葉が倭人《わじん》の耳にはシャープに聞こえるのではないかと思われる」

天使が口を挟んだ。

「新しいものを一から作り出すより、既存のものをリサイクルするほうが簡単ですからね。少なくとも観念《かんねん》の世界では。しかも効果的です。詳しく説明しなくとも属性をにおわすことができますから、受け手にとっても送り手にとっても歓迎すべき事柄でしょう」

惚《ほ》れ惚《ぼ》れするような微苦笑を浮かべる天使は、

「たとえばサタンと聞けば誰《だれ》だって悪魔的《あくまてき》なイメージを持つし、ゼウスと聞けば漠然と壮大な印象を感じます。もうそれ以上の説明は不要なほどに。このように既存の固有名詞は人の想像力を必要最小限の労力でキックすることができるのです。ただ、あまりにも手垢《てあか》にまみれすぎていては逆効果の場合もあります」

死神はあくまでも眠たそうに、

「誰にとっても幸せなのは、その手の神話的名称をいくら使っても使用料がタダですむということだ。こうしていったん世界に根付いたネーミングは半永久的に使われ続けることになる。もし神々の世界に著作権協会があるのなら、ぜひ我《われ》をエージェントにしてもらいたい。莫大な著作権料を人間界からむしり取ってくる自信がある」

「神様は割合おおらかな存在ですので、人間界の通貨単位などに興味《きょうみ》はないと思いますね。要求するとしても生《い》け贄《にえ》の数万人くらいですよ」

「儀式《ぎしき》としての死か？」と死神。

「いいえ。娯楽としてのです」

「いい趣味《しゅみ》である」

「まったく」天使は深くうなずいた。「その通りです」

「そのような事態になれば、我ら死神の無為なる仕事がさらに増加するであろう。理解した。我としても面倒《めんどう》な手間ははぶきたい。著作権協会の設立は断念しよう」

「賢明《けんめい》です。我らの神もあなたの決定を快く見過ごすことでしょう」

「ありがたいことである」

「本当に心からそう思っているのですか？」

「いいや。そなたが心にもないことを言っているのと同じように、我もそうしているだけである。なぜなら、こんな議論《ぎろん》は心底どうだっていいことだからだ」

「同感ですよ。心の底からね」

建御《たけみ》はもういい加減にこの部屋から飛び出したくなっていたが、気力を振り絞って会話に参加することにした。この役割は杵築《きづき》に任せたかったのだが。

「お前たちの言う神ってのは、一匹じゃねえのか」

「当たり前であろう。人間の知る神だけが神だとでも思っているのか。天界にはピンキリで神と名乗るような存在がウヨウヨしている。ちょっと誘えば数百万単位で地上に降臨《こうりん》するであろう。ヒマを持てあましている者どもばかりだ」

死神は皮肉な形に柳眉《りゅうび》をねじ曲げ、

「とはいえ人間界はそれほど楽しい場所でもない。うかうかと誘いに乗ってくるのがそれくらいだということだ。神の総数は全人類の人口より多い。天使、そなたは数えたことがあるか？」

「ありませんね。上司は一匹で充分ですよ」

名前はどこに行った？

どうすればこの二体とまともなコミュニケーションがとれるのかと建御《たけみ》が考えていると、

「そうだ。ここは一つ、開き直ってサタンとミカエルでどうか。変にひねって発音しにくい名にするより、簡潔《かんけつ》で解《わか》りやすいと思われる」

「死神さん。名前は重要だと言っておきながら、結局それですか」

「この場合、そなたたちにとって重要なのは天使と悪魔《あくま》の象徴としての名称であろう。それぞれの属性の理解の助けになるのなら何でもよい」

「何でもいいのなら自分でつけますよ。最悪でも、あなたのような一言居士《いちげんこじ》な死神にゴッドファーザーになって欲しくはありませんね。そうでしょう？　悪魔さん」

「どっちだって、いい」と悪魔。ようやくブラッドスを撃破《げきは》できたらしい。スペースステージでアファームドBと交戦している。

「名は体《たい》と属性を表すのだ。人間が開発した中でもトップクラスに便利なツールと言えよう。我《われ》などは新聞のテレビ欄《らん》を見ただけで二時間サスペンスドラマの犯人が解る」

「それは関係ないだろう」

建御はどこまでも転がり落ちそうなやりとりに終止符を打つべく話題の変更を試みる。

「そこの天使、お前は本当に女なのか？」

どうも会話の内容からして男性原理的な考え方をしているように感じる。

「さて、天使の性別に関しては聖職者《せいしょくしゃ》間でも異論さまざまなのではないですかね。こんな極東の地で私が解答を寄せてしまっていいものかどうか迷います。死神さんほどのサービス精神はありませんでしたが、マッチョでむさ苦しいオッサンよりこちらのほうが喜ばれると思ったのですよ」

天使はウチワをハタハタと振った。

「どちらでもいいではないですか。私はこの衣装が似合う姿を好んで取っているのです。それがたまたま女性形だっただけのこと、男だの女だの、性別に本来意味などありません。私は男女平等を愛する天使です」

「その格好《かっこう》に何の意味がある」

「無意味です」と断言し、「たまたま降臨時《こうりんじ》に見かけた女学生がこのような衣装をまとっていたものですから深く考えることもなく採用させていただきました」

言いながら名案を思いついたように、

「せっかくですので私のことはユカタエルとでも呼べばいいでしょう。とにかく何らかの単語の末尾にエルをつけてしまえばお手軽な天使名となりますからね。我ながら気に入りましたよ。ユカタエル、いい響《ひび》きではないですか」

「そんな間抜けな名を呼ぶくらいなら舌を嚙《か》んだほうがマシだ」

「名か」

死神も考えることがあるようだった。

「またとない好機《こうき》である。我《われ》は我の名を考案することをもって時間殺しとしよう」

それきり死神は口を閉ざし、天使もそれにならい、悪魔《あくま》の操作《そうさ》するバルドドスはジャンプ直後の硬化を狙《ねら》い澄《す》ましたアファームドBのトンファー連撃《れんげき》をくらって爆発《ばくはつ》四散、部屋に派手《はで》なBGMを撒《ま》き散らした。

＊＊＊

杵築《きづき》は宙を見上げながら歩いていた。

金星が西の空に浮かんでいる。ルシファーはどっちの明星《みょうじょう》のことだったかな、と考えてしまったのは悪魔からの連想だろう。黄昏時《たそがれどき》の空は紫色《むらさきいろ》に輝《かがや》いていたが、間もなく太陽は沈む。

建御《たけみ》は上手《うま》く立ち回るだろうか。天使や悪魔がそこにいる理由に気づくだろうか。あの性格では、なし崩し的にすべてを受け入れてしまいそうだ。建御ならば、現実崩壊《ほうかい》感覚にもきっちりと反応することだろう。

「僕とは違う」

事代《ことしろ》は運がいい。彼は幽霊《ゆうれい》を幽霊と正しく認識《にんしき》できる人間のもとに逃げ込んだ。

杵築は意識《いしき》を天空から地上に戻した。この周辺の道なら彼は目を閉じてでも歩き進むことができる。目的地はもう目と鼻の先だった。

烏衣家《ういけ》の邸宅は杵築の家のすぐ隣《となり》にそびえ立っている。

＊＊＊

口を開くのは天使か死神のどちらかだった。

「先ほどの彼ですが、えらくご執心の少女がおられるようですね」これは天使である。

「烏衣ミワ。烏衣姉妹の妹のほうだ」と建御。

「ふむ。その名に奇妙な言霊《ことだま》を感じるぞ。何者であるか」

死神が、うたた寝直前のような目でこっくりとうなずき、

「姉の名は何と言う」

「カミナ」

建御はいやいやのように発音し、

「俺《おれ》たちと同じ高校に入ってるはずだが、来てんのを見たことねえな。そういや中学の卒業式で見かけたのが最後だ。話によるとこの半年ばかり家に引っ込んで一歩も出ようとしないってこった。正直、ホッとする」

興味《きょうみ》を引かれたか、天使はウチワを振るう手を止めた。

「何者ですか、あなたが忌《い》む様子《ようす》のその少女は」

「だから烏衣家《ういけ》の長女だ。そこの幽霊《ゆうれい》、お前も聞いたことあるだろ？」

《うん》

事代《ことしろ》はひたすら暗く陰にこもった声で、

《有名だよ。何だかあまりいい噂《うわさ》は聞かないけど》

どうでもいいことは覚えているんだな、と建御《たけみ》は思いつつ、

「ここいらの住人で烏衣家と聞いたら言葉に詰まる奴《やつ》のほうが普通だ。知らない奴はモグリのプロフェッショナルだろうよ。一度杵築《きづき》に聞いたことがあるが、烏衣の家は代々さかのぼっていくと飛鳥《あすか》だか白鳳《はくほう》時代だかにまで辿《たど》り着くらしい。眉唾《まゆつば》だが、あながち嘘《うそ》に聞こえないところが複雑たる由縁《ゆえん》さ」

「烏衣、神忌無《カミナ》、巳輪《ミワ》か」

死神が呟《つぶや》くように言って、わずかに頭を傾けた。部屋の隅でうずくまっている事代を見て、建御に目を戻し、さらに杵築が出て行った扉に顔を向ける。

「なるほど」

何がなるほどだ、と建御は思ったものの、死神のセリフに引っかかるのはやめにしておくことにする。どうせまともな答えがあるわけもない。

「とにかく浴びるほどの大金を持っている家だ。どこからそんなに金がわいて出るのかは知らん。その金を何に使っているのかも解《わか》らん。カミナもミワも俺たちと同じ公立校に通ってるし、放蕩癖《ほうとうへき》があるようにも見えん。要するに一家そろって謎《なぞ》だ」

「この国の暗闇《くらやみ》の中で辣腕《らつわん》を振るって栄えた一族というわけですか」

「振るったのかどうかは解らんが、栄えているのは確《たし》かだろうよ。安直なくらいにできすぎた家だ、あそこは」

「装置ですよ」

謎のようなセリフを天使が言った。

「話を円滑に進める構成要素の一つです。本来あってしかるべき煩雑《はんざつ》なハードルを、一気に飛び越えるためのショートカット、そのために配置された舞台《ぶたい》装置なのでしょう」

「何だそりゃ」

顔をしかめた建御に、天使は微笑の中に悔やむような表情を混ぜて、

「忘れてください。今のは失言でした」

そして惚《ほ》れ惚《ぼ》れするような仕草《しぐさ》で豊かな髪をかき上げ、

「つまりは伝奇的な家系だということです。きっと後ろ暗いことも色々とやってのけてくれているのでしょうね」

その想像には彼も全面的に同意だった。

「だから俺《おれ》は近寄りたくはない。生《い》け贄《にえ》は一人でいいだろ」

「生け贄とは、さっきの少年のことでしょうか」

「ああ。杵築《きづき》に自覚はないのかもしれねえがな。あいつは烏衣《うい》姉妹のイトコだかハトコだかにあたるらしいが、もうそれだけで俺なんかは充分に破滅的なものを感じる」

建御はちっとも悪魔《あくま》に見えない黒服の少年の背中を睨《ね》め付けながら、

「烏衣カミナは、そいつよりよほど悪魔的な女だ」

＊＊＊

長年に亘《わた》る増改築によって複雑怪奇な建造物へと変貌《へんぼう》を遂げたのが、まさに烏衣家の本邸だった。和洋折衷《わようせっちゅう》と言えば幾分マシに聞こえるが、代々の当主が考えもなしに己の趣味《しゅみ》を優先《ゆうせん》させたとしか思えない造りをしている。さらに悪化の原因となったのは趣味を優先させるだけの広大な土地が邸宅周辺に存在し、周辺地域の土地所有権がほぼすべて烏衣家によって独占されていることもあげられるだろう。杵築は烏衣家がここに至るまでの歴史をほとんど知らされていたが、おいそれと口外したくなる内容では決してなく、ゴシップ的な興味《きょうみ》から此処《ここ》の家人について質問してくる輩《やから》には、常識的《じょうしきてき》な配慮《はいりょ》と言うよりは虚無的な無関心をもって口からでまかせを告げることにしている。

なので無責任な噂《うわさ》が跳梁《ちょうりょう》しているのだとしたら、その一端は杵築の口を主としたものかもしれなかったが、カミナもミワも気にすることがないとはすでに了解済みだった。姉妹の妹とは彼女が生まれた頃《ころ》からの付き合いで、姉とは杵築が物心ついたあたりからの付き合いだ。姉妹のことなら知らないことのほうが少なく、できれば知らずにすませたかったことも少なくない。しかし杵築は我が家が烏衣家のすぐ隣《となり》にあるという運命的悪戯《いたずら》を恨もうとは思わなかった。杵築の家は烏衣の縁戚《えんせき》関係にあったが血の繋《つな》がりはほとんどなく、元々は遠く離《はな》れた土地で細々と暮らしていた。この地に家を構えたのは彼が三つの時で、その時まで彼は姉妹と出会ったことはなかった。杵築家の居住地変更の原因は、彼を彼女たちと引き合わせるためだけにおこなわれた。三歳の姉とまだ生まれる前の妹と。

　彼の父親の死んだ理由がまさにそのせいだったのだとしても、あのとき彼は何も思わず、今も思っていない。

　烏衣家の巨大な門柱の前で立ち止まる。

　まるで待っていたように、通用門が音もなく開き始めた。

＊＊＊

「俺は幼稚園の時から杵築と烏衣姉と同じところに通っていた」

建御《たけみ》は解説を続ける。

「そうは言っても烏衣《うい》姉とはとりたてて仲がよかったわけじゃなくてだな、小学校から中学校にかけて何度か同じクラスになったくらいだ。ああ、杵築《きづき》とは小一の時に一緒《いっしょ》になって以来の仲だ。よく遊んだよ。あの頃《ころ》のあいつはもっと取っつきやすい性格をしてたさ」

天使と死神は拝聴《はいちょう》する構えである。

「その間にあいつは様々な事件に巻き込まれていた。巻き込んだのはカミナだろうな。いつの頃だったか俺《おれ》も覚えてないが、気がついたら杵築はあんなスカした野郎になっていた」

建御はそこだけけたたましいテレビ画面を見やり、ソーダバーのようなレーザーに吹き飛ばされるバルバドスを忌々《いまいま》しそうに見つめてから、

「全部あの女のせいだ。だが杵築も杵築だ。どうしてそこまでしないといかんのか解《わか》らねえな。てっきり烏衣姉に惚《ほ》れてるんだと思ってたら、付き合い出したのは妹のほうだし、俺にはさっぱりだぜ」

死神は今にも眠りに落ちそうな目つきで訊《き》いた。

「何故《なぜ》そなたが怒気を強める必要があるのか」

「そりゃお前、杵築が烏衣妹とやりまくってるかと思うと普通腹立つだろう」

「他人の行為を想像して腹を立ててもしかたがありません」天使が言う。「それに年若いカップルの頭にあるのは、生殖を人為的に忌避《きひ》した生殖行為だけです。やりまくって当然ですし、

は」
「理不尽な怒りである。自分のものでもない女の貞操《ていそう》を気にして腹を立てているのか、そなた
死神も同感のようだった。
そうするのが当たり前です」

「ああ腹が立つね」

正直な胸の内を建御は口にした。

「烏衣妹はめちゃめちゃな美少女だ。あんな子が誰《だれ》かに押し倒されているのを想像してみろ、いいか、嫉妬《しっと》してるわけじゃねえんだぞ、だがそれでも頭に来るものは来るんだ」

「ならば、いよいよその欲望を我《われ》の肉体で満たせばよかろう」

さっそく死神はトレーナーの裾《すそ》をまくり始め、建御の苛々《いらいら》に油を注いだ。

「いらん。脱ぐな。よせよ阿呆《あほう》！　俺はお子様にはピクンとも来ねえんだ！」

「それは真実なのか。このような容姿にニーズが多くあると仄聞《そくぶん》していたのだが。もしかしたらそなたは特殊な性的倒錯者《とうさくしゃ》なのか」

「どこからの情報だ。そんな偏《かたよ》った意見に耳を貸すな。でもって俺はまともだ」

「我がそなたの趣味《しゅみ》に合致せぬというのならば」

死神は天使の浴衣姿《ゆかたすがた》を指し示した。

「あの者に手ほどきしてもらったらどうか。我と違って実に心地《ここち》よさそうな豊満な肉付きをし

ておる。きっと熟練《じゅくれん》の腕前をも所有していることだろう」

「断固としてお断り申し上げます」

建御《たけみ》がコメントを考えているうちに天使が優雅《ゆうが》に拒絶した。ただし寝そべった体勢のまま、裾を乱すように脚を組み替える様を見せつけて、

「私には猛《たけ》り狂う欲望でドロドロになっている青少年の性的発散に付き合う趣味はありません。問題外と言わせていただきましょう。私に挑むなら、もう少し腕を磨いてから対戦を申し出てください。ビギナーとプレイしても色々面倒《めんどう》なことになるだけ、こちらがちっとも楽しめません」

それに――、と天使は付け足した。

「この浴衣《ゆかた》の下で私が荒縄《あらなわ》で亀甲縛《きっこうしば》りでもされていたら、あなた思い切り引くでしょう?」

「んなことやってんのか」

「さあ、どうでしょう」

しばらく建御はがしがしと爪《つめ》を噛《か》んでいたが、ようやくのように捨てゼリフを吐いた。

「……この、人でなしどもめ」

何を当たり前のことを、とでも言いたげに天使は肩をすくめ、死神は眠りかけの目をますます細めて言った。

「それよりも話の続きを聞かせてくれるがよかろう」

＊＊＊

杵築《きづき》がくぐり抜けると同時に門は閉じられた。目の前に広がる光景は、敷地《しきち》の遠く向こうに建っている影絵《かげえ》のような建造物とそこまで続くモザイク調《ちょう》の石畳、そして少女が一人。

「ずいぶん遅かったじゃない」

緩《ゆる》やかな風になびいてるのは烏色《からすいろ》の髪と制服のスカート。杵築と建御と同じ高校の制服だった。一度も登校したことないくせに、彼女は自分の家でだけその衣装をまとっていた。その理由は杵築も知らない。

急に陽《ひ》が落ちたような気がして杵築は空を見る。紫色《むらさきいろ》をした天蓋《てんがい》がいつしか暗転している。彼女の言う通り、少しのんびりしすぎたようだ。

杵築は彼女の直視してくる目を受け止めて、

「わざわざ僕を出迎えに来てくれるとは珍しいね。何か用?」

「ええ、いいえ」

矛盾《むじゅん》する言葉を連続し、

「わたしに用があるのはあなたのほうじゃないの？　何だかそんな気がしたから、あなたがミワの部屋に行くまでに会っておかないとって思ったの」

杵築《きづき》の顔を探るように見上げた。

「ところで建御《たけみ》くんは元気にしてた？」

「元気がありあまってる感じだったね。あまり機嫌《きげん》がいいようには見えなかったけど、あれはきっとお前に会えなくて寂しい思いをしているからじゃないかな」

「光栄です」

常夜灯に照らされた少女の影法師《かげぼうし》が、石畳の上で陽炎《かげろう》のように揺らめいた。

「でも嘘《うそ》です。彼がわたしに会いたがるわけがない。違いますか？」

そう言ってカミナは両手を広げ、仄白《ほのじろ》い顔に徒花《あだばな》のような笑《え》みを咲かせた。

「どうしたの？　今日《きょう》いいことでもあったの？　あなた、何だか楽しそう」

そんなはずはない。杵築はそう言い切りたかった。

＊＊＊

「あいつのそばにいると何だか知らんが寒気を感じた」

建御は言った。

「俺《おれ》だけかと思ってたが、あいつを知る者がみんなそう言う。平気なのは杵築だけだった。そのせいかもしれねえ。杵築と二人でいつもくっついていたもんだ」

話を聞いているのは死神だけになっていた。悪魔《あくま》は登場してから話をしようとも聞こうともしておらず、天使は横になったまま目を閉じている。居眠りに入ったのかもしれない。

「小学校の、そうだな中学年くらいにゃその寒気が冷気になっていた。見た目におかしなところは何もない。普通のお嬢《じょう》さまだ。大人《おとな》しくてね、いつも笑っていた。いや、笑顔《えがお》があいつの普段《ふだん》の顔なんだな。怒ったり泣いたりしてるところを見たことがねえ。だがなあ、寒いんだよ。夏なのにコートがいるとかいうような寒さじゃなくてだ、あいつが近くに立っているのを感じただけで、こう、アイスを丸飲みしたみてえに腹の底が冷えていくんだ」

思い出に浸りながら建御は目を閉じた。

「ある日、事件が起きた。絶対に忘れやしないだろうな。忘れちまいたいのに、くそ、今でも夢に出やがる……」

言葉を途切《とぎ》れさせた建御を、死神がせっついた。

「何が起きたのだ。聞かせるがいいだろう」

「……俺たち三人が同じクラスにいたときだから、あれは小三の、春先のことだ」

建御は秒単位で重くなる口を開いた。相手が人間であればどんな親しい友人でもこんなことを話したりはしない。しかし、ここには人間以外と元人間しかいない——

「どこかのバカどもがカミナを誘拐したんだ」

「ふうむ」

「戻ってきたのは一週間後だ。自分の脚で歩いて帰ってきた」

「それは幸甚《こうじん》」

「ちっとも幸甚とやらじゃねえ。そのとき俺《おれ》は杵築《きづき》と一緒《いっしょ》に近くをウロウロしていた。いかにもガキのやりそうなことだが、二人でいなくなったあいつを捜してたんだ。本気でな」

「見つけたのか」

「見つけたさ」

溜息《ためいき》に似た息が漏れる。

「……てくてく道を歩いているあいつを見つけたときはそんなに驚《おどろ》かなかった。捜してたんだから見つかるのも当然だと思ってたんだ。夜だった。そろそろ帰らないと俺たちの捜索願《そうさくねがい》まで出されかねなかっただろうよ」

「それのどこが幸甚ではないのだ。無事戻ってきたのであろう」

「あんときのあいつの姿を見てないからそんなことが言えんだよ。あいつはまるで……」

今度は本当の溜息が出た。ヤバい。思い出してきた。吐き気がこみ上げてきやがる。

建御《たけみ》は慎重に呼吸して、苦いものの逆流を飲み込んだ。

「そっから一ヶ月ほどして烏衣《うい》の母ちゃんと杵築の親父《おやじ》が死んじまった。一日に二回も葬式に出たのはあれが初めてだ」

「ふうむ」

　——が、それでも言いたくないことは、やはりあるのだった。

「以上だ。あとは杵築に訊《き》いてくれ」

＊＊＊

「事代和紀《ことしろかずき》という名前をどこかで聞いたことがないか？」

「コトシロカズキ？」

　玄関に続く石畳を蹴《け》るようにして歩いていたカミナが振り返った。彼女の後ろについていた杵築は首を振って、舞《ま》ったカミナの髪を避け、歩調《ほちょう》を早めて肩を並べる。

「聞いたことはないわ」

　十余年に亘《わた》って成長する過程を見続けていた娘の顔には、彼にだけ解《わか》る真実の色があった。カミナは本当に知らない。

「どんな字を書くの」

　杵築が教えると、

「その人がどうかしたの」

「たぶん死んでる」

「どうして解るの？」

それには答えず、

「彼について解《わか》る限りのことを調《しら》べて欲しいんだ。どこに住んでいたのか、どうやって死んだのか、それはいつなのか」

「いいわ」

カミナは薄《うす》く微笑《ほほえ》んで、また前へと向き直った。

「あなたが頼み事をするなんて、いつ以来のこと？　思えばわたしはあなたに頼み事ばかりしていた。ええ、何だって聞いてあげる。あなたの希望なら何でも」

「知りたいのは事代《ことしろ》くんがどうなったかだけだよ」

「謙虚《けんきょ》ですね」

「僕がなぜそんなことを知りたがるのか訊《き》かないのか？」

「ええ。どうせそのうち教えてくれるんでしょう？　あなたはそういう人です。必要なときに必要なことしか言わない。そのときがいつ来るのかちゃんと解っている」

カミナは立ち止まる。本邸の扉がすぐ前にあった。手を触れないうちに開き始める。どこかで誰《だれ》かが見ているのだ。

「さあ」

あだっぽい微笑がまともに杵築《きづき》に向けられた。

「待ちかねて部屋で暴《あば》れているかもしれないわ。早く行ってあげてください」

そうするために彼は来たのだ。事代の件はほんのついで。幽霊《ゆうれい》となった少年には気の毒だが、杵築には気の毒だと言葉を発する以上の思いはない。

邸内に足を踏み入れた杵築の背後で扉がするりと閉められた。カミナはついてこない。

静まりかえった屋内には人の気配《けはい》が感じられなかった。しかしこの家には大勢の人間が昼夜を問わず存在し、働いているはずだ。烏《う》衣《い》の名字を持つ者はカミナとミワ、その父親だけだが、彼女たちにかしずく使用人が相当数に上ることを彼は知っている。ただ、滅多《めった》に姿を見かけることはない。

姿を見せず気配も殺していたが、それでも確《たし》かに存在するのだ。

長々とした通路に点在する部屋の扉を不意にでも開けてみれば、きっとそこに誰かがいて「いらっしゃいませ、杵築様」とでも言うのだろうと彼は思い、思うだけで試したことはない。必要でありさえすれば、彼らのほうから出向いてくるだろう。

杵築は無人の通路を進み、無人の階段を上ってミワの寝室を目指した。彼が開くべき扉はその一つだけだ。

＊＊＊

そろそろ考えておかねばならない。と、建御《たけみ》は考えていた。

「何を考えようというのか」

問いかけた死神に、ぶっきらぼうな視線《しせん》をぶつける。

「お前ら、本当にこっから出て行くつもりはねえのか」

事代《ことしろ》は肩身が狭そうに身を縮《ちぢ》こませ、体育座りのまま薄《うす》い身体《からだ》を壁《かべ》にめり込ませた。鬱《うつ》な顔をする幽霊《ゆうれい》ほど陰気なものはない。明るくハシャぐ姿を見たくもなかったが、完全に透明にでもなってくれないものかと建御《たけみ》は思う。もっとも事代の身の上を思うと、そう強く出ることのできないのが彼の性格でもあった。

「我《われ》にはない」

死神が断言した。

「だいたいどこへ行けというのか。はるばる人間界まで降りてきた我の気も知らず、藪蚊《やぶか》の跋扈《ばっこ》する川縁《かわべり》の橋の下で野宿でもせよと言いたいか。そなたは家畜にも劣る人性の持ち主である」

「勝手に飛び込んできてその言いぐさは何だ。窓を見ろ。網戸ごと破壊《はかい》しやがって、どうやって虫けらどもを防ぐんだ。ガラス代をよこせ。金は持ってきてるんだろうな」

「持っているわけがなかろう。見なかったのか。我は寸鉄いっさい身に帯びず、それこそ裸一貫でここに参ったのだ。どこにも何も隠しておらぬ。何なら穴という穴を調《しら》べてみるか」

またもやトレーナーを脱ごうとする死神だった。

「やめろって!　それ以上動くと段ボールに梱包《こんぽう》して南米行きの船便に乗せてやろうじゃねえ

か畜生め！　ちょっと待ってろ」

建御は衣装ダンスを漁《あさ》って、伸縮性《しんしゅくせい》のハーフパンツを取り出した。

「これを穿《は》いてろ」

「我はこのままでもよい」

「いいわけがあるか。いつまでノーパンでいるつもりなんだ。そんなもんが部屋にいるのをオカンに見られた日にゃ、俺《おれ》の人生が強制停止されるだろうが」

「案ずることはない。その場に居合わせるのも縁《えん》であろう。そなたの魂なら我がきちんと送り届けてしんぜる」

「しんぜんでいい。俺の将来の夢は月まで日帰り旅行するまで生きていることだ。小学六年の卒業文集にそう書いたんでな。着ろ」

「この衣類は途方もなくサイズが合っておらん」

手渡された半パンをじっと見つめつつ、死神は不満げに呟《つぶや》いた。

「不可解なり。なぜ我のこの姿を喜ばんのか。そなたは人として、いや男性としての資質に欠けておるのではあるまいか。我にそなたの汁《しる》を心ゆくまで浴びせかけたいとは思わんのか。まことに疑問がつきない」

耳に快いくすくす笑いがあがった。今のこの場で笑えるような立場にあるのはただ一人である。死神はダウナー系の愛想《あいそう》無し幼女で、悪魔《あくま》はどこが悪魔か解《わか》らないと言うより存在の意味すらない無口な無個性男であり、そんなわけで案の定、笑い声の出どころは天使だった。

「言ったでしょう、死神さん」

弄《いら》うような声だった。浴衣《ゆかた》の胸を見せつけるように前屈《まえかが》みとなった金髪の美女天使は、

「そこの悪魔《あくま》氏が言ったように、ヤれればなんだっていいのですよ。そしてこちらの人間さまはあなたでは立たないとおっしゃっておられる。つまりあなたの容姿および立《た》ち振《ふ》る舞《ま》いでは下世話な意味で下世話な部分が役立たずなのです。一つ提案することがあるとしたら、彼に目を閉じていただいて直接、生殖器に手なり何なりを使って刺激《しげき》を与えるという手段がよいかと存じます。そうすれば幾ばくかの時間経過ののち、あなたは望み通り若々しい雄の汁を浴びることができるでしょう」

死神はぺこりと頭を下げた。

「忠告痛み入る。ならば、そうしてみるのも一興《いっきょう》であろう」

「ぜんぜん一興とやらじゃねえ」

あらゆる気力を振り絞って建御《たけみ》は厳然《げんぜん》と宣言した。

「穿《は》け」

そして天使に向かい、

「お前ももっと、こう、何だ、まっとうな格好《かっこう》をするつもりはないのか。羽根生《はねは》えバージョンじゃなくて、そこの悪魔野郎《やろう》みたいな日常的な服があるだろう」

「ありません」

平然と答え、天使は豊かな金髪をかき上げた。

「もとより日常的ではない者にそのような要求をしても無駄《むだ》なことです」

憮然《ぶぜん》と黙《だま》りこくった建御を慰労《いろう》するように言い足した。

「天使らしさなど糞食《くそく》らえですよ。私は日本情緒を愛する天使ですから」

＊＊＊

この扉はノックをする必要があった。儀式的《ぎしきてき》なものだ。こちらから勝手に開いても部屋の主《あるじ》は何も言わないだろう。しかし杵築《きづき》にはその自由こそが重荷に感じられる。自分より上位に位置する者に指図されることほど楽なことはない。指図したその者に責任を転嫁《てんか》することができるからだ。楽をする者ほど低位に存在すると考えて間違いはない。今や最も安楽に過ごせる身分が現代では奴隷《どれい》と呼ばれている。杵築もその一人だった。

「うふ？」

薄《うす》く開いた扉の隙間《すきま》から、ミワの柔和な微笑《ほほえ》みがこぼれ落ちていた。

「来てくれたんですね」

「もし来なかったらどうしてた？」

「暴《あば》れます」

ミワは扉を開け放して杵築《きづき》を迎え入れた。腕を取る。

「でも、来ないことなんてないでしょう？」

「そうだよ」

たわいのない会話だった。互いの昂揚《こうよう》を確《たし》かめ合うための、これも儀式にすぎない。

寝室に引き入れられた杵築は、ふかふかした絨毯《じゅうたん》を踏みしめた。

ミワが目の前にいる。狂おしいまでの悦《よろこ》びの笑《え》みを浮かべて。三年前のカミナと同じ顔だった。三年後のミワは現在の姉と同じ容貌《ようぼう》を持つようになるだろう。彼女たちの遺伝子はまったく同一のものに違いない。途方もない確率《かくりつ》を乗り越えた奇蹟《きせき》がここにある。その体現者が彼女たちだった。杵築にはそう思える。

「早く」

ミワは顔を上向かせ、せがむように唇を半分開いた。綺麗《きれい》に並んだ前歯がちらりと覗《のぞ》き、杵築は少女の身体《からだ》を抱き寄せた。

二つの唇が重なった。ぎりぎりまで目を見開いていたミワは安らぎに満ちた表情で瞼《まぶた》を閉じ、遅れて杵築も目をつむった。数分後、ようやく顔を離《はな》したミワは息も絶え絶えに告げた。

「脱がせて」

言葉に従い、杵築はミワの衣服を止めているボタンを外し始めた。淡々と一つ外し、また次のボタンに指がかかるたび、彼女は甘美な吐息を漏らした。すべての衣類が絨毯《じゅうたん》に落とされ、生来《せいらい》の姿に戻って安心したように微笑《ほほえ》むミワを抱き上げて寝台へ運ぶ。

杵築の服は交歓の相手の手によって剝《は》ぎ取られた。

＊＊＊

「履歴《りれき》を決めねえと話にならんだろうが」

建御《たけみ》は主張した。

このままでは破滅が見えている。不承不承といった体《てい》で下半身を隠した死神のおかげで些末《さまつ》で基本的な問題は解決したものの、残る命題は巨大な瀑布《ばくふ》となって建御の頭上にいまだ降り注いでいるのだ。

肉体を伴わない幽霊《ゆうれい》は隠せそうな場所に押し込めばいいとして、天使と悪魔《あくま》と死神を家人の目から隠し通すことは不可能と思われる。出て行かない、と直接的および無言で宣言している以上、いずれ帰宅する両親にこの三名が建御の自室で己の存在を誇示している理由が必要とされ、その説明に追われるのはまず間違いなく建御の仕事になりそうだった。

浴衣姿《ゆかたすがた》のたぶん天使。

ゲームしかしていない悪魔（仮）。

脱ぎ惜しみしない自称死神。

「こんなのにどういう説明をつけたらいいんだよ」

その問いに答えてくれるかもしれない杵築《きづき》はここにいない。

＊＊＊

行為のさなか、杵築は下から見上げてくるミワの目に気づいて動きを止めた。杵築の動きにあわせて揺れていた顔も止まる。杵築に射貫《いぬ》かれて上気し、薄《うす》く汗ばんだ顔の中で、今まで柔らかく閉じられていた大きな瞳《ひとみ》が杵築の目をまともに覗《のぞ》き込んでいた。唇が悲しい微笑をたたえ、もの問いたげな形に歪《ゆが》んでいる。

「どうかした？」

杵築の言葉に、ミワは細い声で応じた。

「まるで、あなたがここにいないように思いました」

ベッドに投げ出されていた白い手が、杵築の腕に這《は》わされる。

「何を考えていたのですか？」

今日《きょう》のミワの身体《からだ》は少しひんやりとしていた。

「何も考えていないよ」

ささやかな試みはミワによってあっさり打ち砕かれる。

「嘘《うそ》。あなたはいつも、違うことを考えている」

そうかもしれない。彼女が言うのならそれが正しいのだろう。

「ごめん」

杵築はミワの手を握り返した。

「わたしとしている時くらいは、わたしのことだけを考えてください」

ごめん、と発しかけた言葉は、不意に首にからみついた腕に引き寄せられ、重なった唇の間で霧消《むしょう》した。長い口づけの後、

「うふ？」

呼吸を荒げながらミワは微笑《ほほえ》んだ。

「嘘です。あなたの好きなことを考えてください」それから上目がちに、「わたしが動きましようか？」

「いや、いいよ」

杵築はミワの鼻の頭に唇をつけてから、彼女の両脚を抱え直した。

「一晩中でもいいよ。相手がお前ならね」

「わたしはあなた以外の誰《だれ》ともしたくありません」

「僕も」

「うれしい」

ミワは再び目を閉じて、乱れた自分の髪の中に頬《ほお》を埋めた。

空虚な会話は終わった。杵築《きづき》は動きを再開し、お互いの気が済むまで続けた。

＊＊＊
「いいか、話を合わせろ」

建御《たけみ》は辛抱強《しんぼうづよ》く言い聞かせた。

「そこの天使、お前は俺《おれ》の高校に来た交換留学生ということにする。オカンに訊《き》かれたらそう言え」

「言うのはかまいませんが」

天使はウチワを指先で回転させた。

「どこの国から来たのでしょう。その国の言語に合わせて訛音化《かいんか》した日本語を話さないとリアリティが失われますね。初期設定は人を納得させる上でけっこう重要なものです」

「どこならいいんだ？」

考えるのが面倒《めんどう》だった。その思いは天使も同様だったらしく、

「あなたが設定してください。どこでも結構ですので。私には虚構上の設定を構築して喜ぶだ

けの想像力もそんな無益な趣味《しゅみ》もありません」

母親の帰宅までそう時間はないだろう。

「少しは協力しろよ。ここは俺の家だぞ」

天使は優雅《ゆうが》に微笑《ほほえ》んで、

「私よりも死神さんの存在理由をこじつけるのが先でしょう。このままでは未成年略取の容疑で身内に110番される羽目になるのではないか、と、私の現実的な想像力が囁《ささや》いていますよ」

その原因たる死神は、つたない手つきで腰にベルトを巻き付けていた。建御のウエストに長年付き合ったことで伸びきったゴム紐《ひも》では死神の華奢《きゃしゃ》な棒のような腰周りにまったく対応できず、そのため動くたびに落ちゆくハーフパンツを何とか本来の場所に留《とど》まらせるための処置である。しかしそうしたところで死神が身につけているのはまったく身の丈に合わない、しかも建御の衣服で、どうしてそんなものをわざわざ着なければならないのかと問われたら、返す言葉を瞬時《しゅんじ》に思いつく自信はなかった。

いっそ家出してやろうか。建御はうんざりと考える。一人息子の代わりに得体《えたい》の知れない四名が部屋に転がっているのを見たら両親は何を思うだろう。案外せいせいしたとばかりにこいつらと明るい家庭を築き上げ、彼のいたことなど瞬《また》く間に忘れ去ってしまうかもしれない。母や父から目一杯の愛情を受けて過ごした日々はすでに遠い記憶《きおく》の果てにあり、そんな親子間愛情も今ではすっかり倦怠化《けんたいか》して起伏のない平坦な毎日が淡々と過ごされ、ここらで一つ劇的《げきてき》なイベントを発生させても悪くない気がしている。しかし——。

事代《ことしろ》がうずくまる部屋の隅を見ているとそんな気も失《う》せた。

俺《おれ》がもしあの立場にいたなら、同じようにぶくぶくと沈むことになるかもしれん。

毎日顔を合わせていると鬱陶《うっとう》しいときもあるが、二度と合わせることがないと思うと途端《とたん》に寂しくなるものだ。家族ってのはそういうもんじゃないか。

死神のベルトとの格闘《かくとう》はまだ続いていた。

「おい、死神。ちょっと来い」

死神は下がりかけたハーフパンツを片手で押さえ、胡乱《うろん》な目で建御《たけみ》を見つめた。

「いかがしたか。ようやくその気になったとでも言うか。そうか、これが天使の言っていた、ちらりずむ、というやつであるか」

「お前も粘着質な奴《やつ》だな。いい加減に頭を切り換えろ」

とつとつと近寄った幼児的な手からベルトを奪い、あらためて腰に巻きつけてやる。バックルの使い道を無視して帯のように結んだ。

「きついのである」

眠りかけのような声で抗議《こうぎ》されたが、無視して力強く締《し》め上げる。

「苦しいではないか。もうよい、手を離《はな》すがよかろう」

「はいよ」

ベルトを帯代わりにしたせいでいっそう奇矯《ききょう》な装束《しょうぞく》になっているものの、一般的に全裸よりもアピールしやすい姿になった。そして再びこう思うのだ。これがマシに思えるようでは全然アウトなのである、と。

死神は自分の格好《かっこう》など気に止めていない素振りを全身から放射させ、折り返し地点を見失ったマラソンランナーのようにぼんやり立っていたが、唐突に横を向いた。

「天使。寝台に空間を開けてもらいたい。我《わ》が身は睡眠を欲している」

「どうぞ」

身体《からだ》をくねらせた大柄な浴衣《ゆかた》が壁際《かべぎわ》に寄った。元々がシングルベッドである。寄ったところで小さい子供が手足を丸めて横になれるくらいのスペースしか空かない。死神は気にせずベッドによじ登り、手足を丸めて横になった。ダウンサイジングゆえの芸当だ。

天使は笑気を帯びた猫なで声で、

「子守歌がいりますか？」

「気持ちはありがたく受け取る。だが、要しない」

目を閉じた死神は、ぷつりと目を閉じるとそのまま死んだように動かなくなった。

「……で、俺の寝場所はどうなるんだ？」

建御の茫然《ぼうぜん》とした呟《つぶや》きは、悪魔《あくま》の操作《そうさ》するバルケロスがタングラムの拡散レーザーによって粉砕された効果音にかき消された。

＊＊＊

月明かりが二人の身に降りかかっていた。

杵築《きづき》は片膝《かたひざ》を抱えるようにして寝台に身を起こし、透明なガラス越しに室内を唯一照らす光源、この星の永年の伴侶を見上げている。

傍《かたわ》らではミワが安らかそうな寝息を立てていた。うつぶせに突っ伏した三歳下の少女は、心地《ここち》よい倦怠《けんたい》に包まれて安心しきったように眠っている。杵築はその白すぎる身体に目を落とした。柔らかな髪が首から肩胛骨《けんこうこつ》までを覆《おお》っている。

疲労が全身に広がっていた。彼女の求めに応じるまま動き続けて終わるまで、どれほどの時間が経過したのかも定かではなくなっている。

杵築は手を伸ばして、彼女の髪を静かに背から払いのけた。

細い裸体の背が露《あら》わとなって月光のもとに浮かび上がる。杵築はとっくに見飽きている。ミワとの交わりを始めて何年目なのか、とっさに思いつかないほどだ。

しかし、何度見てもそこにあるのが違和と思えるものが彼女の背中に刻まれている。

醜《みにく》くひきつれた無数の傷跡《きずあと》。

それらは縦《たて》や横、あるいは斜めの線《せん》となって少女の背に刻印のように描かれていた。見る者によっては幾何学的な文様にも思えるだろう。その多くはすでに治癒《ちゆ》し、薄桃色《うすももいろ》の皮膚《ひふ》と成りかわっていたが、一部はまだ赤黒く無惨な姿をさらしている。裂けた皮膚は完全には再生せず、縫《ぬ》われた痕跡や治療《ちりょう》されずに放置された過去の有様《ありさま》を明瞭《めいりょう》に表現していた。幸いにも血がにじんでいる部分はない。最新と思える傷も、青黒く痣《あざ》となった箇所も出血には至っていない。

古傷に混じった新しい裂傷もほぼ完治しているようだった。しかしこの大量の傷跡が、どれほどの苦痛の代償《だいしょう》として彼女の背につけられることになったのか杵築は知っていた。治るそばから新たに裂かれることになるミワの背中。絶え間なく続く打擲《ちょうちゃく》の音と、打たれるたびに響《ひび》き渡るミワの絶叫、苦悶《くもん》に歪《ゆが》む美しい表情、石の床に垂れる透明な涙と傷口からあふれる鮮血《せんけつ》を彼は見ていた。

耐《た》え難《がた》い激痛《げきつう》にミワは何度も失神し、それ以上の苦痛を与えられて覚醒《かくせい》しては、また苦悶の叫びを上げ続けた。どれだけの叫びを上げようとも、その場にいる誰《だれ》も彼女を救おうとしない。いたのはカミナと杵築の二人だけだった。何度も繰《く》り返された光景だ。

いつ果てるともない苦痛。杵築はただ見ているだけ――。

ミワの身体《からだ》に烙印《らくいん》された不条理な傷跡は、杵築にもなじみのものである。ミワは決して背が露《あら》わになるような衣服を着用しない。彼女が身体のすべてをさらすのは、杵築と彼女の姉の前だけだった。

ミワに決して消えない傷をつけたのは、彼女の姉だ。カミナは妹を拷問《ごうもん》にかけることを趣味《しゅみ》の一つとしていた。

その行為に意味を見いだすのは誰《だれ》にも不可能だ。杵築《きづき》には解《わか》らない。ミワも解っていないに違いない。ただ一人、カミナだけが自分の行為の意味を正しく理解している。

緩《ゆる》やかに上下する少女の背中を見つめながら、杵築はかつてミワが寝物語に語っていたことを思い出す。


幼い日のカミナは妹とよく遊んでいた。一方的な遊戯《ゆうぎ》と言うべきだろう。

ある日、姉は妹のもとに一体のぬいぐるみを持参して尋《たず》ねた。

「これが何かわかる？」

三歳当時のミワの背丈ほどもあるそれは、彼女の目にはクマに見えた。そして実際それはクマのぬいぐるみだった。

姉の真意を測りかねるミワは、それでも素直に答えることにしたという。

「くま」

「ちがうわ」

カミナは間違いを指摘し、クマのぬいぐるみを抱き寄せて言った。

「これは、人類の罪」

「じんるいのつみ？」

「そう」

カミナはクマの頭に頬《ほお》をつけて目を閉じてから、

「あなたにあげる」

それ以来、ミワの枕元《まくらもと》には人類の罪が鎮座《ちんざ》して、夜ごと彼女の寝顔を見守ることになった。

またある日、姉は妹のもとに一体のぬいぐるみを持参して尋ねた。

「これが何かわかる？」

「うさぎ」

「ちがうわ」

カミナはウサギのぬいぐるみの両耳を持ってぶら下げながら、

「これは、神への罰」

「かみえのばつ？」

「そう」

カミナはウサギの頭を愛《いと》おしげに撫《な》でながら、

「あなたにあげる」

それ以来、ミワの部屋の片隅には神への罰が鎮座して、彼女の一挙手一投足を監視《かんし》する任務に就いた。

彼女の姉が最後に持参したのは、掌《てのひら》の上に乗るくらいの小さな木彫りの人形だった。

「これが何かわかる？」

ミワは口ごもった。それが何なのか解《わか》らない。人の形をしているが、全身が真っ黒でピカピカに磨かれている。顔はのっぺらぼうで目鼻も何もなく、ただ頭に王冠のような模様が刻まれていた。踊っているかのようなポーズを取っていたが、その人形からは少しも楽しそうな印象を受けることはなかった。

カミナは妹の返答を待たず、

「これは、あなたの絶望」

「わたしのぜつぼう？」

「そう」

そしてカミナはミワの手を引くと庭に誘い、木人形に油を注ぎ火をつけて燃《も》やした。

「あなたには必要ないもの」

炎の中で踊る人形は、燃えさかりながら甘い香りのする煙を吹いた。その香りは今でもハッキリ思い出せるとミワは言う。

人形が燃え尽きるところをミワは見ることができなかった。煙に包まれてしばらくして意識《いしき》を失ってしまったからである。ぐったりしたミワをカミナが背負って部屋まで運び、彼女が眠っている間にクマとウサギのぬいぐるみを持ち去ってしまった。

以来、ミワは人類の罪と神への罰を見たことがない。でもそれらはどこかにあって、今も誰《だれ》かを見つめている。

わたしはそう思っている、と彼女は言った。

＊＊＊

建御《たけみ》の母親が帰宅した。間もなく父親も我《わ》が家への帰還《きかん》を遂げた。

彼らが——特に父のほう——天使と悪魔《あくま》と死神を見て大いに驚《おどろ》いたのは言うまでもない。そして建御の頭を痛めることに、大いに喜びもしたのである。

「この馬鹿《ばか》息子にこんな多彩なお友達がいたなんて！」と母親はむしろ感動しているようだった。「なんて可愛《かわい》らしい方々なの！　ぜひ泊まっていって頂戴《ちょうだい》！」

「おお！」と父親は天使の浴衣姿《ゆかたすがた》を見て一瞬《いっしゅん》で陥落した。「ぜひ我が家をホームステイ先にしていただきたいものです。なあに、この馬鹿息子の部屋でよければあなたに進呈します。代わりにこの馬鹿を……どこでしたかな？　イスラエルでしたか、今すぐにでも段ボールに梱包《こんぽう》して船便にて送付しようではないですか！　いつまでもこの家に滞在してください！」

「ありがたきしあわせ」

天使は晩酌用《ばんしやくよう》のビール瓶《びん》の栓をアーティスティックに開けながら、深く一礼してこぼれ落ちんばかりの胸元の肉の丘を父親に見せ、建御《たけみ》が卒倒しそうになるくらい艶《あで》やかなスマイルと横目を使い、なおさら父親をヤニ下がらせた。こんな簡単《かんたん》なモーションでメロメロになる父親への殺意が増す。

死神は椅子《いす》の上にちょこんと正座して、テーブル上の食卓を明らかな寝起き顔で眺めていた。

「怪奇なり」

「これが人界の栄養素というものか。なんと無様な物体なのか」

その頭を天使が軽く押さえて黙《だま》らせ、いかにもなウインクを建御に滑らせて来る。

少年悪魔《あくま》は黙々《もくもく》と箸《はし》を使って並べられた雑多な食材を特に旨《うま》そうでもなく食べているが、余計なことをまったく言わないぶん、相当に無難《ぶなん》な演技と言えた。

幽霊《ゆうれい》の事代《ことしろ》は電気を消した建御の部屋の衣装ダンスの中で、一人わびしく膝《ひざ》を抱えていることだろう。

いずれにせよ、彼の予想の範囲内《はんいない》であった。両親の反応はいたって単純で悩みの一片も感じられない。だとしても、それにしたところで、やはり頭が痛いことは確《たし》かだった。早く明日《あした》になれ、と彼は切に願《ねが》い求め、母親の作る旨くもない料理の運搬を好んで申し出る浴衣《ゆかた》の天使をなすすべもなく眺めていた。

いつまでこんな状態が続くのだろうか。だいたい、こんなんでいいのか？

暗澹《あんたん》たる面持《おもも》ちの建御を顧《かえり》みる者は、その場に誰《だれ》一人としていなかった。

＊＊＊

ミワが寝静まり、自身の体力回復を静かに待っていた杵築《きづき》は、寝台からそろりと降りると服を手早く身につけ、無音の維持に努めつつ部屋の外へ出た。

抑え目の照明の下、一直線《いっちょくせん》に長い通路に逃れ出た杵築は、すぐ近くに見慣《みな》れた人影《ひとかげ》が壁《かべ》にもたれている姿を見た。陽光の下では目にした記憶《きおく》のない制服を着こなしたミワの姉。彼の縁《えん》戚《せき》にして幼い頃《ころ》から家族同然に過ごした娘。

「どうでした？」

カミナは交差させた脚を組み直して、

「ミワは」

杵築は全身に広がる疲弊《ひへい》を押し殺して答えた。

「いつもと同じだよ」

「わたしとするよりいいでしょう？」

「お前としたことはないはずだけど」

薄明《うすあ》かりでもすぐにそれと解《わか》るくらい、カミナの双眸《そうぼう》はくっきり浮かび上がっている。この世のどんな人間よりも澄《す》み切った瞳《ひとみ》だった。最初に出会った日に杵築《きづき》を魅了《みりよう》し、以来彼を言うがままにした目の輝《かがや》きがそのままそこにある。誰《だれ》もがこの目を恐れる。彼女に見つめられることを恐怖する。その恐怖はそのまま寒気となって近くにいる者を襲《おそ》うのだ。他者が彼女に感じる正体不明の寒気は、自分自身の中から湧《わ》いて出るものに他《ほか》ならない。そうと解《わか》っているものは杵築を含めても決して多くはないだろう。

杵築は一歩、カミナに近寄る。彼女は身じろぎせずに彼を見続けている。次に何を言おうかと考えているような表情だ。本当は迷うことなどないくせに、彼女はこんな夜にはいつもそんな顔をする。

言うことは毎回同じだった。

「ミワの子はいつ生まれそう?」

「とうぶん無理っぽいね」

杵築の返事もいつも同じ。

毎夜の交わりは体液の交換。それ以上の意味がなかった。ミワはまだ誰の子供も産めない。実の姉が知らないはずはなかった。しかしカミナは平然と言う。

「わたしは早く姪《めい》か甥《おい》の顔が見たいわ」

喉《のど》の奥で鈴が転がったような音を立て、

「ミワの産んだ可愛《かわい》い子供に伯母《おば》さんと呼ばれたい。わたしにあなたをお義弟《にい》さま、と呼ばせて欲しい」

「自分で産んで、お母さんと呼ばせればいいんじゃないか？」

杵築の言葉はカミナの身体《からだ》を素通りし、壁《かべ》に当たって散った。通ったことのない高校の制服を思惑なく着た少女が口を開く。

「わたしが孕《はら》むことのできるのは絶望だけ。あなたとわたしの子を産むのはミワの役目よ」

何度となく聞かされた文言《もんごん》だった。それだけに何も感じない。

「そうだね」

杵築は軽く首肯《しゅこう》し、カミナの正面まで進む。何もなければこのまま烏衣家《ういけ》を出て、我《わ》が家へと至ることができる。杵築の今日《きょう》の役目は果たし終えた。彼女が呼び止める言葉を発しなければ、彼をどこかに誘おうとしなければ、他《ほか》にするべきことは眠って明日《あした》の役目に備えることだけだった。

「待って」

背後に回されていた手が杵築のほうに伸びていた。大判の封筒が差し出されている。

「あなたが必要としているものが入っています」

受け取るべきなのだろうか。自分のためにも、あの幽霊《ゆうれい》のためにも。

杵築が黙《だま》って見ていると、封筒はカミナの手を離《はな》れた。乾いた音を立てて落ちる。それが物質ある物の限界だった。そこから先に落ちることができない。

「事代和紀《ことしろかずき》。どうしてあなたがその名を知ったのかは訊《き》きません」

カミナの微笑《ほほえ》みだけがすべてを物語っていた。

「あなた、きっと友達を悲しませるわ」

「建御《たけみ》のことかな」

「ええ、そう。あの人はとても素敵《すてき》な人。あなたの代わりに悲しむでしょう。わたしの代わりに悲しんでくれたこともあったわね」

カミナが言うのだから、それは完全に正しいに違いない。杵築《きづき》には解《わか》っていた。建御が電話で告げた言葉の意味を悟ったとき、彼はほとんどを理解していた。直感ではなく、推理でもなく、ただ真相を。

杵築は封筒を拾い上げた。

「貰《もら》っていくよ」

少女の目が、ふっと緩《ゆる》んだ。

「わたしは自分が生まれたときのことを覚えている」

カミナは話し始めた。

「母親の胎内から出た瞬間《しゅんかん》、わたしは絶望に包まれた。世界に満ちている悪意を感じて泣き喚《わめ》きました。泣いても叫んでも無駄《むだ》だと気づいたのは、しばらく経《た》ってからです。いくら泣いても誰《だれ》も気にしてくれなかった。それどころか元気がいいと喜んでいました」

濡《ぬ》れたように黒い髪の先を弄《いじ》りながら、

「わたしは違う側に生まれ落ちてしまった。この世界は息苦しすぎる。どうしてこんなに狂った世界が成立可能なのでしょう。もし世界を神が作ったのだとしたら、その神は心を病んでいるのです」

カミナは不意に言葉を切る。杵築を見つめる顔は返答など求めていない。何も言わないでいいと知っているからだ。

だから彼も無言でその場を立ち去った。

＊＊＊

風呂場《ふろば》が何やら騒《さわ》がしい。シャワーの水音に混じって聞こえてくるのは、天使の愉快げな声と死神の質問調《しつもんちょう》の声の二重奏である。

入浴の仕方を教えてあげましょう、と言って死神を脱衣所に連れ去った天使だったが、どうせ余計なことまで教えているのだろう。

「ええい、くそ」

建御は敷き布団《しぶとん》を担ぎ上げて呻《うめ》いた。母親の部屋の押し入れから引き出されたこの重くて嵩《かさ》張《ば》る物体を自分の部屋に持っていく、というのが彼に下された任務だった。お客様に肉体労働をさせるべからずと主張した母親の命により、働いているのは彼だけである。

彼の自室はめでたく召し上げの措置となった。母親は自分の布団を父親の部屋へと移動させ、空いたその部屋を天使と死神の寝所とする計画を発表し、ついでに予備の布団を彼の自室に用意して悪魔《あくま》の寝床とするよう託宣《たくせん》した。それはそれでもよかったのだが、ここで天使が回りくどく遠慮《えんりよ》を申し出た。建御《たけみ》のベッドの寝心地《ねごこち》をいたく気に入ったと言う天使は、およそ可能な限りの婉曲《えんきよく》な自己主張をおこなって部屋替えの中止を唱え、浴衣姿《ゆかたすがた》の端々から覗《のぞ》く天使の素肌にすっかり籠絡《ろうらく》されていた父親は酔っぱらっていたこともあってあっさり賛同《さんどう》、母親は意味ありげなニコニコ顔で賛成派に回り、「ふざけるな!」と叫ぶ息子を叱咤《しった》して自室の明け渡しを決定事項とさせた。自動的に悪魔は彼とともに母親の部屋送りとなったが、悪魔は虚無的な表情を何一つ変化させず、うなずきもしなかった。悪魔は今も何をしようともせずに、トレーニングモードでバルバロスの脚ＥＲＬ切《き》り離《はな》し練習に明け暮れていた。

抱えていた布団を悪魔の背後に投げ出しながら、建御は予感に包まれる。

ひょっとしてこいつはこのゲームを完全クリアするまで、いつまでもここに居座り続けるつもりじゃねえだろうな。

＊＊＊

自宅に戻るのに一分とかからない。姉妹たちの敷地《しきち》の隣《となり》、ぽつんと建っている二階建て一軒家が彼の住処《すみか》だった。

重くのしかかる外気から逃れるように、そそくさと家に入る。鍵《かぎ》はかかっていない。家中の灯《あか》りが煌々《こうこう》として杵築《きづき》の帰宅を待ちわびていた。いくら冷夏とは言え、夏の盛りにもかかわらず屋内が外より涼しく感じる。静まり返っているせいだろうか。

自分の部屋がある二階へと階段を上りながら、杵築は澱《おり》のような倦怠《けんたい》に浸された頭で思った。

僕の母親はこの家のどこにいるのだろう。

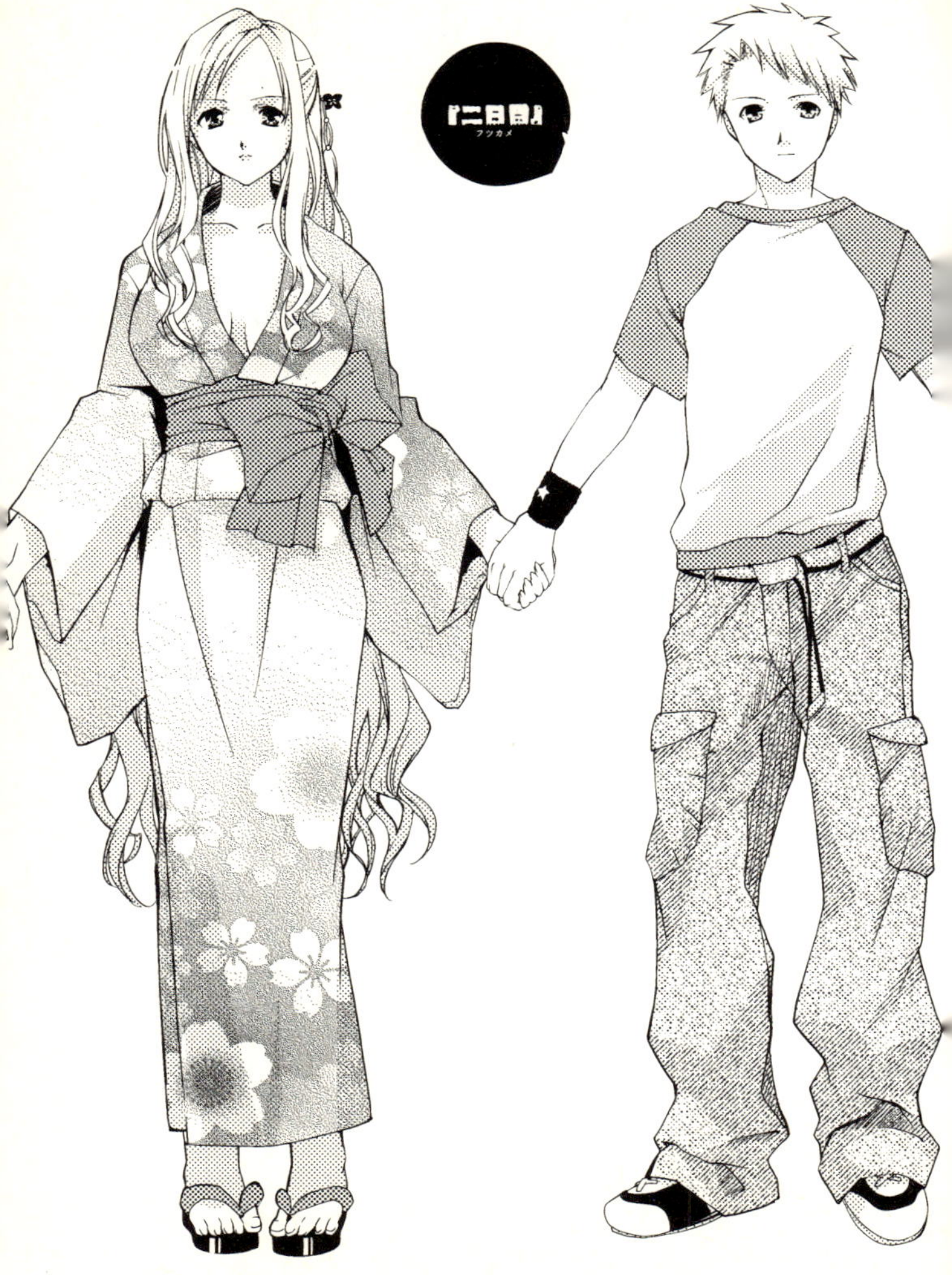

「二日目」
フツカメ

町にはローカルなデパートが一つばかりあった。今にも閉店セールが始まりそうな店舗《てんぽ》が軒を連ね、訪れた人々は鄙《ひな》びた雰囲気を心ゆくまで味わうことができる。特に平日ともなれば食料品売り場以外の階には客よりも店員数が上回っているのではと思わせる閑散具合で、それはその地域の学生たちが夏休みに入ったところで焼け石に水滴を垂らすも同然だった。目端の利く学生たちはハナから立ち寄ろうともせず、わずかばかりの電車賃を握りしめてもっとマシな商品が並んでいると彼らの信じる数駅離《はな》れた土地へ向かうからである。

杵築《きづき》が待ち合わせ場所に選んだのは、そのデパートの一階ロビーだった。

年季の入ったプラスチックベンチに腰をかけ、ロビー中央に備え付けられたオブジェのような柱時計を見上げていた。正午に近い。

「遅いですね」

杵築の横に座る少女が十分前と同じことを言った。

「建御《たけみ》さん、まだでしょうか」

ミワはのんびり囁《ささや》くように言い、時計を見つめる杵築に楽しげな微笑《ほほえ》みを向けた。杵築はゆっくり首を傾けて、自分の肩口にかかっているミワの髪に指を触れた。

「三十分も遅れるなんて、律儀《りちぎ》な建御にしたら珍しいな。けど、色々あるんだと思うよ。特に昨日《きのう》からの彼にはね」

「そうですか」

少女は抑揚のない声で応ずる。

「すまないな。付き合わせちゃって」

「いいえ」

可憐《かれん》な唇を緩《ゆる》めて首を振る。

「楽しみです」

ミワは小さく上品な笑い声を上げ、とろけるような瞳《ひとみ》を杵築に見せつけた。

さらに十分待ち、上記の会話をもう一度繰《く》り返したあたりで、ようやく待ち人が現れた。

「すまん」

建御は端的に詫《わ》びて、頬《ほお》に垂れた汗の滴を手でぬぐい、

「このバカ野郎がなかなか言うことを聞かなくてな」

建御の片方の手は、しっかと小さな手を握りしめていた。杵築とミワの視線《しせん》に気づいた途端《とたん》にパッと手を離し、

「いや、なんせ捕まえてないとフラフラ勝手に歩きやがって、いつの間にかどっかに行っちまうんだ。二回見失ってさんざん捜すことになってよ。遅れたのはそれが原因だ。文句ならこいつに言え」

大仰《おおぎょう》な溜息《ためいき》を吐《つ》き、

「まあ、俺《おれ》だって別にこんな奴《やつ》と手ぇ繋《つな》いで歩きたくはなかったさ」

その幼女が死神だと解《わか》ったなら、大抵の人間は手を握るどころか並んで歩くことも拒否するだろう。

「ずいぶんな言いぐさであるな」

腰掛けたミワよりもなお背の低いところから声がする。

死神の衣装は昨日杵築《きのうきづき》が見たものとそれほど変化していない。建御《たけみ》のものに違いないTシャツは肩からずり落ちそうになっているし、本来ならハーフサイズなはずのパンツの裾《すそ》は踝《くるぶし》まで届いており、無理矢理《むりやり》つっかけているスニーカーは足の二倍はありそうな大きさに見えた。

死神は半眼《はんがん》となって杵築とミワを交互に眺め、苦痛を堪《こら》えるような声で言った。

「歩きにくいのである」

「まあ……」

杵築の隣《となり》で息を飲むような声が上がった。

「かわいい」

うっとりした声を上げ、ミワは建御の連れの前にしゃがみ込んだ。

「この子が建御さんのところにいるお嬢《じょう》さんですか？　お名前は？」

「イズモ」

と、死神は答え、眠そうな声で問い返した。

「そなたが烏衣巳輪《ういみわ》か」

「はい、そうです」

ミワは死神の髪に指を触れて、

「よろしく。イズモさん」

「うむ。よろしく頼みたい。巳輪とやら」

死神はミワを興味深《きょうみぶか》そうに凝視《ぎょうし》し、ふと杵築と目を合わせた。その黒い目の内に奇妙な理解の色が浮上している。杵築が肩をすくめると、死神は無関心な表情に戻り、しきりと自分を撫《な》で回すミワのされるがままになった。

すでにミワへは杵築から説明を終えていた。もちろんその正体が死神であるなどということは言わず、建御の家に遊びに来ている親戚《しんせき》の子だと適当に告げている。

建御と杵築の間でおこなわれた簡単《かんたん》な打ち合わせは朝のうちにすんでいた。杵築は事代《ことしろ》の資料が手に入ったことを連絡し、その話をするために建御とここで待ち合わせることにしたのである。今日《きょう》もミワと会う約束があったから結果としてダブルブッキングとなったが、それでもミワが気にも留めないことは確実《かくじつ》だった。彼女は杵築が誰《だれ》を連れてこようと気にしたりはしない。

その電話中、建御が提案したのは死神の服についてだった。彼の家には幼児の体型に合致した衣類などもうなく、脱ぎたがりの死神をこのまま放置しておけばどうなることやら解らない。まともな衣装をあてがってやれば少しは大人《おとな》しくなるだろう、と建御は拝むような口調《くちょう》で言い、杵築《きづき》とミワのデートに子連れで割り込めるように依頼した。

そのほうがいいか、と思った杵築は了承し、ミワとともにこの二人を待っていたのだった。

「まあ、そんなわけで」

建御《たけみ》は財布から紙幣《しへい》を抜き出して、

「こいつに合う服を選んでやってくれ。思いっきり安物でいい。どうせ家《うち》のオカンが出した金だが、釣り銭は俺《おれ》のものになる手はずなんでな」

ミワのほうを見ないように努力しつつ、建御はボソボソと言う。

「うふ？」

建御はミワの目を見ると石になると信じているような様子《ようす》で、

「頼む」

「はい、解《わか》りました」

ミワのほうはひたすら面白《おもしろ》そうに建御へと視線《しせん》を送り、愛《いと》おしげに笑いかけてから死神の手を取った。

「イズモさん。どんなお洋服が好き？」

「着ないのが一番よい」と、死神は思惑を口にした。「我《われ》はそう学んだ」

「変わっているのね」ミワは感心するように言った。

「そうらしい。我は何とも思わないのだが、この者は」と建御を差し、「我が裸体をさらしていると不愉快になるようだ。理解に苦しむ。我はまともな性癖《せいへき》を持つ人間がするようなことをこの身にされたいと求めているというのに、侮辱されたような気分である」

「まあ」

ミワは咎《とが》めるような笑顔《えがお》で建御の顔を覗《のぞ》き込もうとし、無意識《むいしき》に彼女の横顔に吸い寄せられていた建御は、慌てて杵築の顔を睨《にら》みつけた。

「して差し上げたらよいのに」

声色《こわいろ》だけではミワが冗談《じょうだん》を言っているのかどうか判読できない。

「無茶《むちゃ》を言うな」

脱力した声で建御は呟《つぶや》いた。

「お前らと一緒《いっしょ》にしないでくれ。俺《おれ》は……」

反論する気力も失《う》せたか、建御は投げやりに頭を振った。

「何でもいいや。とにかく服のほうを頼む。ああ、靴もな。できるだけ普通の格好《かっこう》にして欲しいが……、まあその辺は任せる」

「時間は気にしなくていいよ」

杵築が追加情報を与えた。

「きっとその子は着せ替え甲斐《がい》があると思うから、好きなだけとっかえひっかえさせてあげるといい。僕たちはここで待ってるから」

「はい」

ミワは握りしめた死神の手をちょいと持ち上げ、

「行きましょう、イズモさん。じゃあ、また後で」

上品に一礼して、ミワはたどたどしく脚を動かす死神と歩み去った。

二つの人影《ひとかげ》がエスカレーターに吸い込まれるのを確認《かくにん》した建御《たけみ》は、杵築《きづき》の隣《となり》に腰を落として緊張《きんちょう》が緩《ゆる》んだ吐息を出す。杵築が訊《き》いた。

「イズモってのは誰《だれ》の発案だい？」

「本人だ」

建御は気の抜けた声で、

「なんか知らんがその名前がいいそうだ。どこから発想したのかは知らねえ」

「きっと僕たちの名前からだろう」

「そうなのか？」

「たぶんね」杵築は死神のネーミングセンスはに拘泥《こうでい》せず、「後の二人は？　キミが彼らを両親にどう紹介したのか興味《きょうみ》があるね。実はけっこう楽しみにしてたんだよ」

「ああ……」

建御は額《ひたい》を押さえ、頭痛を指でかき出そうとしているようにしてから顔を上げた。

「天使の奴《やつ》はユーリィ・カーター・ウィルって名前のイスラエルから来た交換留学生だっつう

ことにした。高一には見えんから高三という設定にして、ホームステイ先の家でそこの親父《おやじ》にセクハラを受けたんで嫌《いや》になって逃げ出し、そんで俺《おれ》んちに来た――っていう話になってる」

「まあまあの設定だね」

「そうかぁ？　こんなんを信じる家《うち》の親を見て俺は心底ガックリきたぞ」

「悪魔《あくま》くんは？」

「なんだったかな。ええと、俺がネットで知り合ったチャット仲間だ。遠くに住んでて今まで一面識《いちめんしき》もなかったんだが、夏休みを利用して自転車旅行に旅立った。その途中に寄ったのが俺の家だ。せっかくなんで一泊ほどさせてやることにした……というわけだったな。ちなみに名前は天使に決めさせた。熊野愛一郎《くまのあいいちろう》くんだ。次に会ったときそう呼んでやれ。どうでもよさそうな顔をするぞ」

「死神はどこから湧《わ》いたんだい？」

「あいつはその熊野愛一郎の妹ということになってる。だからフルネームは熊野イズモだな」

「あんな小さい妹を連れて自転車旅行に出たわけか、熊野くんは」

「言ってからしまったと思ったが、なんせ考えながら喋《しゃべ》ってたからな。ま、うちの親どもはふんふん言って聞いてたからそれでいいだろうさ。困ったのは自分の服を着ていない理由のほうだ」

「僕もぜひ知りたいね」

「自転車で近くの川沿いを走ってたら強風が吹いてバランスを崩した妹が荷台から落ちて、そのまま川にも落ちた。拾い上げて脱がせた服を乾かしていたらその服をカラスがパクってった。しょうがないんで俺《おれ》の服を着せた」

「それで信じてくれたのか。素晴《すば》らしい両親だね」

「実は信じていないような気がするんだが……。と言うか途中から俺の話を聞いていなかったような気もするぜ。親父《おやじ》は女天使にビールなんかをお酌《しゃく》されてニヤニヤしてたし、オカンは悪《あく》魔《ま》の顔をじっとり見つめながら貴公子くんなんて呼んでたしな。家庭不和が始まりそうで恐《こわ》い」

「けっこうなことだよ」

杵築《きづき》はしみじみとした声で言った。

「不和を起こす家庭があるだけいいじゃないか。僕の家庭は壊《こわ》れて久しいよ」

「あ……、」

建御《たけみ》は一瞬《いっしゅん》顔色を変え、悔やむような渋面《じゅうめん》を作る。杵築は受け流した。

「いい親御さんたちだと思うよ。キミのところの家族はね。僕の家とは違う」

「……すまん」

「いいよ。気にしてない。もう慣《な》れたからね。そんなことより」

杵築は足元に置いていたバッグを持ち上げて、

「事代《ことしろ》くんがどうなったか解《わか》った。こっちのほうがよほど問題だろう？」

「やけに早かったな」

「カミナに頼んだんだ。昨日《きのう》の夜」

「さすがはあいつ……と言ったほうがいいのか？」

「カミナがその気になれば電話一本でどんな情報でも手に入れられる。きっとこのニュースソースは警察《けいさつ》組織《そしき》のかなり上のほうからだと思うよ」

バッグから昨晩手渡された封筒を出す。

「あまりいいとは言えないニュースと確実《かくじつ》によくないニュースと聞かなければよかったと思うに違いないニュースがあるんだけど」

「順番に言ってくれ。準備運動がいるようなニュースのような気がする」

「もう一つ、どうしようもなく気の滅入《めい》る提案があることも付け加えよう」

「最悪だ」

建御はデパートの天井《てんじょう》を見上げて、無言で天を呪《のろ》う文句を呟《つぶや》いた。

「言ってくれ。あいつはどうなってた？」

「死んでいるのは間違いないね」

「だろうな」

「殺人事件の被害者だった。殺されたんだ。犯人は捕まってないし、判明もしてない」

建御《たけみ》にも予測範囲《はんい》だったようだ。ふん、と鼻を鳴らして、

「それで化けて出たか」

「どちらかというと、殺された後のほうが異常かな。充分化けて出るに値する」

「……あんまり聞きたくなくなってきた」

「僕もあんまり言いたくないね。特に殺された本人には」

杵築《きづき》は封筒をじっと見ながら小声で言った。

「事代《ことしろ》くんの死体は手足をバラバラに切断された後、積《つ》み木《き》みたいに重ねられていた。てっぺんに首が乗せられていてね、まるで人体を利用したオブジェみたいになっていた」

杵築の手にした封筒の中にその鮮明《せんめい》な写真が入っている。昨夜、自分の部屋に戻ってから検分する時間はたっぷりとあった。

建御の無表情を目の端に確認《かくにん》しながら、杵築は彼が見た死体の状況を知らせた。

「事代くんの顔には瞼《まぶた》と目がなかった。何もない空洞が宙を眺めていたよ」

＊＊＊

長々とした沈黙《ちんもく》の後、建御はざわめく胸を抑えようと努力しながら、

「……なあ杵築。俺《おれ》は一時期、菜食主義者になったことがある」

「知ってるよ」

「今でも血を見るのはダメだ。ウェルダンじゃねえと肉も食えねえ」

「そうだったね」

「だからな」

建御は天を呪《のろ》い続けながら、

「その封筒に何が入っていようが俺には見せるな」

「テキストでもダメかな。死体検案書や調書《ちょうしょ》なら大丈夫だと思うんだけど」

「俺の妄想力をなめるんじゃねえぞ。俺は大抵のもんならそれで片を付けることができるんだ」

「安上がりでいいね」

「ところでその検案書やらはコピーかなんかか」

「原本に見えるね。精巧に偽造したものかもしれないけど、だとしても僕には見分けがつかない」

「あいつならやりかねねえな……」

昼がやたらと乾く。どうして杵築は平静を保っていられるんだ？　いつからだった？　こいつがこんなふうになっちまったのは。父親の葬式でもこいつはぼんやりしていたが、それはまだ解《わか》る。なにしろガキの頃《ころ》のことだ。死ぬってことがどういうものか解っていなくても不思議《ふしぎ》じゃない。俺もそうだった。今だって充分ガキと呼ばれる歳《とし》だろうが、でも俺たちだってそれなりに成長しているはずだ。

建御《たけみ》の内面を知ってか知らずか、杵築《きづき》は世間話をするように、

「事代《ことしろ》くんのこの事件だけど、おおっぴらには報道されていないね。新聞の片隅に小さく載った程度だ。もちろんバラバラになっていたことも伏せられている。高校生が通《とお》り魔《ま》に襲《おそ》われて死んだ、くらいのもんだよ。ちょうど十日前の夕刊に出てた。ただし地方版のみ」

「報道管制」

眉《まゆ》を寄せた建御にうなずきかけ、

「あまりにも猟奇的だしね。遺族も騒《さわ》がれるのは望まないだろう。僕も気持ちはわかるよ」

建御は出がけに見た事代の姿を思い起こした。今は天使と死神の居留《きょりゅう》地となった自室、その衣装戸棚の中で暗く膝《ひざ》を抱え続ける鬱《うつ》っぽい幽霊《ゆうれい》。どうして自分が死んだのかも解《わか》らず、寄《よ》る辺《べ》をなくし、ただ泣きそうになっている悄然《しょうぜん》とした半透明の顔。

自分が殺されたあげく分解されていたと知れば、あいつはどんな表情を浮かべるだろう。

建御は頭を振って陰鬱な想像を振り払った。

「どうして殺されたのかは解っているのか？」

「それは犯人の動機《どうき》？　それとも直接的な死因かな？」

杵築は封筒に目を落としている。

「警察《けいさつ》の調《しら》べによると事代くんには殺されるような理由は見あたらないそうだよ。品行方正で

真面目な少年だったらしい。少なくとも誰かの恨みを買うような人間ではなかったと彼を知る者は口をそろえたって話さ。彼の両親も同様な人格者だったらしくて、どうやら無差別殺人の被害に遭ったと考えるのが一般的だね」

「非道《ひど》い話だ」

「死因は鋭利《えいり》な刃物による刺殺」

杵築は淡々と、

「背後から心臓《しんぞう》を一突きにされていた。おそらく即死だったろうと書いてあった。バラされたのは死亡後だね。幸いなことに」

よく記憶《きおく》しているな、と建御は思いつつ、

「殺害現場はどこだ。あいつはどこでそんなになってんのを発見されたんだ」

「それが不思議《ふしぎ》だと言えるんだけど」

杵築は記録《きろく》を読みとるかのように封筒をさっと撫《な》でた。

「彼の自宅からそう離《はな》れていない道ばたなんだ。住宅地の真ん中でね、しかも死亡推定時刻は午後九時くらいという所見が出ている。確《たし》かに夜ともなればそんなに人通りもないだろうが、決して皆無《かいむ》なわけでもない時間と場所だよ」

事実を冷静に言うだけの口調《くちょう》だった。建御には解る。こいつはそれが全然不思議でもなんでもないと思っているんだ。

「犯人は事代《ことしろ》くんを刺し殺してから、すぐさま逃げ出すわけでもなくその場に留《とど》まって死体を切り刻んで積《つ》み上げたんだ。そうしておいて悠々とその場を立ち去った。その間、誰《だれ》にも見られることはなかった。彼が発見されたのは午後十時半頃《ごろ》だよ。通りすがりの犬とその主人が見つけた」

「災難《さいなん》だっただろうな」

その一人と一匹には同情してあまりある。

「だが、待てよ。発見現場が即犯行現場だとどうして解《わか》る。別の場所で殺しておいて、ゆっくりとバラバラ……うぇ……に、してからそこに運んだかもしれないじゃないか」

「あたり一面が血の海で、その状況から見てそこが現場で間違いないってことだよ」

聞いてるだけで胸が悪くなる。建御《たけみ》は肉体と精神双方のムカつきを何とか堪《こら》えながら、杵築《きづき》の横顔を睨《にら》んだ。

「犯人は誰だ」

「さあ」

杵築は表情を変えず、ただ建御を見返した。

「僕が知るはずがない。キミには見当がついているかい？」

建御は答えず、もう一度吹き抜けの天井《てんじょう》を見上げた。天を呪《のろ》うために。そして呟《つぶや》く。

「どうしようもねえな」

「そうだね」

「どうすればいいんだ」

「どうにかすればいい」

杵築は微笑に似た形に唇を歪《ゆが》めた。だが断じて微笑《ほほえ》みなんかではない。もう何年も建御は友人が笑っているところを見たことがなかった。

「事代くんは自分が死んだ原因を知れば納得すると言っていた。ならそれを信用するしかないだろう？　死に様を教えてあげれば成仏《じょうぶつ》する気になるんじゃないかな。彼が同意したら死神もいなくなるはずだよね」

「本気で思ってんのか？」

建御はまったく信じていなかった。果たして杵築も、

「無理だろうね。理由も解らず殺されて、ましてや犯人も明らかじゃない——なんてことを知らされたら余計に現世に執着するだろう。せめて犯人が解って、ちゃんとした裁きを受けると確信《かくしん》しない限りはね。キミだってそうだろう？」

「ああ」

建御ならばそうする。事代も同じだろう。だが杵築はどうだ？　こいつは俺《おれ》たちとは違う。生きていることに何も執着していないように見える。今に始まったことではない。ずっと前から、こいつは自分が何を好きこのんで生きているのか解らないような顔ばかりしていた。気づ

けば杵築《きづき》の横には烏衣《うい》姉妹のどちらかがいて、杵築本人の意志で動くことなどどこにもないような印象だった。かといって別に変なところはない。建御《たけみ》が話しかければ普通に返答する。共通の友人だって何人もいる。一番近しいところにいる男友達が自分なのは確《たし》かだろう。特に意《い》識《しき》することもなくそうなっていた。カミナの顔がちらつく。くそ、させられたとは思いたくないぞ……。

「建御」

その声で我《われ》に返ることができた。杵築が冷徹《れいてつ》な視線《しせん》をこちらに向けている。

いつからなんだ？　こいつがこんな目で俺《おれ》を見るようになったのは。

「僕はこれから事代《ことしろ》くんの家に行ってみようと思う」と友人は言う。「彼も自分の死後に家族がどうしているかを知れば、少しは気が紛れると思うんだ。ついでというわけではないけど、殺人事件の現場も見ておきたいね」

「解《わか》ったよ」

建御は意志を奮い立たせつつ答えた。

「俺も行く。乗りかかった船だ、最後までついてってやるさ」

天使と悪魔《あくま》と死神まで出てきたんだ、どこ行きの船かは知らんが、いま俺が予想しているほど悪い場所に到着したりはしないだろう。建御の頭に広がっているのは彼が想像できる限りにおいて最悪の未来だった。

「お前を巻き込んだのは俺なんだからな」

しかし彼は自分の予想がいかに甘いかを知らない。事態はすでに最悪を超越した場所へ変遷《へんせん》しようとしていた。もはや不可避《ふかひ》となった潮流《ちょうりゅう》は、幾多の人間たちを暗黒に塗りつぶされた未来へと運ぼうとしている。その運河の名を彼はすでに知っているはずだった。

＊＊＊

建御が何を考えているか、杵築にも正確《せいかく》に理解できたとは言えない。だが、この友人の思考は読みやすかった。一般的な人間が考えるようなことを予測すれば事足りるからである。建御の中には真相の一部があり、それは杵築のものとも一致していた。

しかしながら建御は彼自身が思っているほど普通人ではない。杵築が決して普通と言えないのと同じで、すでに正常なルートを逸脱している人間だった。だからこそ付き合えている。杵築は烏衣の二人に近すぎた。それだけで離《はな》れていく理由に充分だというのに、建御はいつまでも彼の身辺にいて友人関係を維持してのけている。カミナを忌避《きひ》するように動きつつ、ミワに惹《ひ》かれているのも解る。建御が過去の記憶《きおく》に囚《とら》われすぎているからだ。彼は幼い日のカミナの記憶をミワの現在の容姿に見ているのだ。建御がまだ何も解らない子供の頃《ころ》、彼の目にはカミナもまた何も解っていない子供に見えたことだろう。

それが間違いであると知っているのは、杵築《きづき》を含めてもそう多くはなかった。カミナの母と杵築の父が同時に死ぬまで、杵築にも解《わか》らなかったのだから。

そんな思索を邪魔《じゃま》するようなタイミングで、建御《たけみ》が声をかけてきた。

「すまんが俺《おれ》はちょっと寄らんといかんところがあるんだ」

くだらなそうな声をしているが、建御が独自の立ち直り方をしたのだと杵築に悟れるほどには元の口調《くちょう》に戻っている。

建御は言外にやれやれと言いたげな態度を示し、

「烏衣《うい》妹があいつに服を選んでいる間に、俺は違うところに行かねばならん。女どものファッションチェックには時間がかかるというくらいは俺だって知識《ちしき》として持ってるからな。このスキに用事を済ませておきたいってわけだ。すまねえが遅れるようなことがあれば、あいつらの相手はお前がやってくれ」

「どこに行くのさ」

「悪魔《あくま》の野郎がだな、ラスボスを倒せないのはコントローラーのせいだと静かに喚《わめ》きやがった。専用のツインスティックを買ってこいとかふざけたことを言ってんだが、どうやら全機種《ぜんきしゅ》ノーコンティニュークリアを目指しているみたいでよ。隠れ機種を出せるまでにならねえと地獄に帰りそうもない気がして、そりゃ困るだろ。ちょうど買おうかどうか悩んでたことだし、いい機会だから中古屋を巡るつもりでいる。ちょっくら二軒ほど回ってこようと思ってるんだ」

「かなり古い代物《しろもの》なんじゃないのかい？　売ってるかなぁ」

「けっこう前だが置いてあるのを見かけたことがある。そんときはスルーしたんだが、お手軽価格だった。まだ誰《だれ》の目にもとまっていないのを期待するさ。ないならないで別にかまわん。悪魔にはバカにでもクリアできそうなお子様向けソフトをあてがってやりゃいい」

「了解」

杵築は両手を上げて賛同《さんどう》する素振りをした。

「二時間までなら僕は此処《ここ》で待ってる。それ以上かかるようなら携帯に連絡を入れて欲しい。昼ご飯もまだだし、どこかで落ち合おう。ミワは買い物には時間をかけないタイプだけど、死神幼女は服の趣味《しゅみ》にはうるさそうだからね。それくらいなら余裕だと思うよ」

ほっとしたような息を吐いて建御は立ち上がった。一刻も早くこの場を立ち去りたい空気を全身から漂流させせつつ、

「すまねえ、また後で会おう」

せかせかした足取りでロビーを抜けていく。開いた自動ドアの向こうに消える友人の背を目で追いながら、杵築は建御が何度もそうしていたように天を仰いだ。吐く言葉は呪詛《じゅそ》ではない。彼は天空に投げかける言葉そのものを持たなかった。

そこに神など居ない。かつては居たのかもしれないその存在は、とうの昔に棺桶《かんおけ》に入れられて誰《だれ》も知らない地層の奥深くで朽《く》ち果てている。

＊＊＊

「そう、神はいません」

天使が囁《ささや》いた。建御《たけみ》の部屋のベッドの上で、ウチワに向かっての一人芝居。

「あるのはこの世を覆《おお》い尽くす神のごとき悪意と無関心だけなのです」

緩《ゆる》やかにウチワを振る。砕け散った窓ガラスの代わりに厚紙が貼《は》られて湿気《しつけ》の侵入を防いでいた。旧式のエアコンが必死の思いで稼働《かどう》し、冷風を吹き出し口から吐き出している。

「あなたはどちらですか？　悪魔《あくま》さん」

テレビに向かってうずくまり、コントローラーを賑《にぎ》やかに操《あやつ》っている黒衣の少年に話しかける。浴衣姿《ゆかたすがた》の天使を顧《かえり》みることなく、悪魔は答えた。

「俺《おれ》の決めることではない」

「あなたは私と違って求められて現れたのではないですか？　いつまでここでそうしているつもりなのでしょう。さっさと召喚主《しょうかんしゅ》のもとに駆けつけたらいかがです」

「お前が駆けつければいい」

素っ気なく悪魔は答えた。

「俺は自分から動くつもりはない」

「私にもありませんん。望まれてもいないのに活発に動くのは人間特有の行為ですからね。余計なことをしていると、彼らは知っているのでしょうか」
悪魔は応答する気をなくしたようだった。天使も了承したように口を閉じてベッドに片肘《かたひじ》をついた。物憂《ものう》げにウチワを振るって自らに風を送る。
《…………》
事代《ことしろ》が部屋の隅で不安そうに顔を上げたが、結局は意思を表現する言葉の一つも発することなく、また面《おもて》を伏せた。幽霊《ゆうれい》に似つかわしい行為だ。

＊＊＊

かっきり二時間後、建御はデパートのロビーに戻ってきた。彼らしい律儀《りちぎ》さを存分に発揮した結果である。悪魔の要望をきっちりと叶《かな》えるべく力を尽くしたのだろう、嵩張《かさば》る箱を入れた袋を提げているところからも彼の義理堅さが仄見《ほのみ》える。

「やあ」と杵築《きづき》は言った。棒立ちになっている友人に、

「ちょうどよかった。彼女たちも今さっき戻って来たところだよ」

示したのは並んで佇《たたず》む二人の少女たちである。

「うふ？」

ミワが微笑《ほほえ》んでいた。建御《たけみ》は茫然《ぼうぜん》と立ちつくしていたが、烏衣《うい》妹の魅了《みりょう》するような瞳《ひとみ》からなんとか視線《しせん》を引きがして、彼女の横に立つ極端に背の低い人形めいた人影《ひとかげ》に視線を向けた。

「建御とやら」

死神が夢を見ているような目つきで言った。

「これで満足であるか。我《われ》には理解しがたい。よいのかどうか不安で倒れそうなほどだ。この者に」とミワを指し、「体《てい》よく騙《だま》されて羞恥《しゅうち》プレイのような衣装を着せられているのではないか。そなたの与えた衣服よりも窮屈極《きゅうくつきわ》まる」

死神は首をほぼ垂直に傾けて、彼女の肩に手を触れるミワを見上げた。

「この者とそなたの友人は褒《ほ》め殺しのような感想を述べた。我には解《わか》らぬ。ゆえに最も小市民的部外者であろうそなたに問いたい。我《わ》が格好《かっこう》は人界の普遍的な衣装と言ってかまわぬものなのであろうか。繰《く》り返すが我は少々居住まいに苦労しているのだ」

とんでもなく似合っていた。死神はとりたてて喜んでいるように見えないが、コーディネートを担当したミワは自慢の妹のデビューを披露《ひろう》しているかのような優《やさ》しい微笑みを眼前の死神に向けている。杵築《きづき》は薄《うす》い唇の片方を微妙に歪《ゆが》めていた。

「どうであるか。忌憚《きたん》のない意見をそなたに聞きたいものだ」

死神はその場でゆっくりと一回転した。

パフスリーブのストライプ地ブラウスとスカートの上に、白いエプロンドレスを重ねて着ている。フレアーな裾《すそ》が花咲いたように広がり、オーバーニーソックスがほとんど付け根まで見えた。ミワは死神の下着までもあつらえてくれたらしい。ガーターベルトまで装着させているのはやりすぎだと思ったが。

さらに裾をたくし上げようとしたところでさすがに止め、

「お前……」

建御は神社の本尊を見るような目で死神の顔を注視した。

「化粧してやがるな？」

薄くひかれたアイラインのおかげで眠たげな眼差《まなざ》しが少しは緩和《かんわ》されている。しかし巧妙なナチュラルメイクも本来の眠たげな声ばかりはどうしようもないようで、

「この者の好きなようにさせてやっただけだ」

死神はミワを見上げ、いったい何をすればそなたの満足を得られるというのだ」

「どうやら不足か。いったい何をすればそなたの満足を得られるというのだ」

素っ気ない髪型も変化に富むものへと変貌《へんぼう》している。複雑に結われた髪のあちこちで青いリボンがアクセントをつけていた。襟《えり》のリボンが気になるのか、死神はしきりと引っ張りながら顎《あご》を反らし、

「何をそんなに凝視《ぎょうし》しておる。んん。少しは我に欲情するつもりになったか」

「んなわけねえだろ」

しかし死神は合点《がてん》したように、

「我《われ》は理解しつつあるようだ。あの天使が言っていたのはこういうことか。つまりそなたの情動ポイントは全裸にはなく、着衣状態において昂進《こうしん》するのだな。特異な趣味《しゅみ》とは言うまい。我なら服を着たままおこなったところで気に留めない」

「違うっってんだろ！」

「天使？」

ミワが聞《き》き咎《とが》めたように首を傾けた。死神の会話内容で最も彼女の耳に残ったのはその単語らしい。

「彼の家には外国の人がたまたま逗留《とうりゅう》しているんだ」杵築《きづき》が説明した。「ものすごい金髪の美人でね。彼女のことをその子は天使と呼んでいる」

「まあ」

ミワは死神の髪を指でつつきながら、建御《たけみ》にうらやましそうな目を向ける。

「その方もつれてきてくれればよろしかったのに。お目にかかりたい」

建御は顔を背けた。

「やめといたほうがいい。まともな日本語を話せない……というかまともに話さねえからな。話が通じるのは……、まあ、それはもうどうだっていい。で、これからどうするよ」

最後のセンテンスは杵築に向けてのものだ。建御としては一刻も早くミワと別れたかった。

彼女の姉に感じる冷気とは違い、ミワからは誘引フェロモンのような暖かみを覚えるが、それは彼から落ち着きを奪うものだった。あまりこっちを見つめないで欲しい。姉妹そろって別種の魔性《ましょう》を持っているのがカミナとミワだ。一人は何者をも遠ざけ、一人は引き込もうとする。建御にはそう思えてならない。

「昼ご飯を食べに行こう」

杵築が至極簡単《しごくかんたん》に言った。二種類の魔性と同等に付き合えている友人の言葉が建御には重い。これが家族同然に育っていた者の慣《な》れというやつか。

「あんまり食欲はねえな……」

二時間前に知らされた事代《ことしろ》の様子《ようす》を思い出す自分の記憶《きおく》を呪《のろ》いつつ、建御は死神の挙動に目をやった。首元で光っているグリッターを特に何も思わないような顔をして擦《こす》っている。口先に災いを飼わせた幼女は、黙《だま》って立っているぶんには一見して物静かで人見知りの強そうなお嬢《じょう》さま候補だった。ミワと連れ添っている今の姿は実の姉妹のようでもある。

「ここでこうしていても先に進まないよ」

もっともなことを穏《おだ》やかに言う杵築に対応したように、ミワは片手で死神の手を握り、片方の腕を恋人の肘《ひじ》に絡めた。建御には表面的な微笑のみが与えられた。

「行きましょう」

ミワの言葉に従うしかない。一日はまだ終わっていなかった。

歩き出そうとした建御《たけみ》の耳元で、杵築《きづき》の声が小さく聞こえた。

「なあ建御。キミは本当にあの死神の子に何も感じないのかい？　ニーズがありそうな感じになったと思うけど」

ミワに引かれてぽたぽたと歩く死神を横目にし、建御は用意しておいた不機嫌《ふきげん》さを声に込めて強がりを言った。

「実物に手を出すほど俺《おれ》の妄想力は不足していない」

＊＊＊

「幽霊《ゆうれい》さん」

脈絡なく天使が言った。

「あなたに一つ予言を差し上げましょう」

《え……？》

事代《ことしろ》は半透明な身体《からだ》をふらつかせた。

「なに、黙示録《もくしろく》にもあるように、天使の役割の一つですよ」

天使の何気なさそうな言い方に、事代は戸惑いの表情を浮かべた。黙示録の御使《みつか》いたちは災いしか予言せず、七つの大いなる災害をもたらすために喇叭《らっぱ》を吹き鳴らしたという前歴を持つ。

彼が天使の気まぐれに不穏《ふおん》なものを感じるのも当然だろう。古代の唯一神は常に二面性を有し、天使と悪魔《あくま》の両面を兼ね備えていた。

しかし天使はどこまでも天使的な微笑《ほほえ》みを絶やさずに、

「あなたはほとんど不死になります」

事代は目を見開いた。

《不死って……？》

「ですから生き返るのですよ」

くつろげた浴衣《ゆかた》の胸元に自ら風を送り込みつつ、

「そして永遠の転生《てんせい》をその手につかむのです。不変の魂を持つ人となり、時の止まる日まで永久に地上での生活を謳歌《おうか》できることでしょう」

とても信じられないが、

《本当……ですか？》

事代のすがる藁《わら》は他《ほか》にない。

「私の天使名にかけて」

微妙な賭《かけ》だ。だいたい、天使の間の抜けた名は単なる見たままではなかったか。

事代が信じていいものかどうか父王の幽霊を目撃《もくげき》したハムレットのように悩んでいると、けたたましかった画面が唐突に静止した。ＰＡＵＳＥの表示。黒衣の先から伸びた指がスタートボタンに触れていた。振り返った白皙《はくせき》が言う。

「酔狂《すいきょう》がすぎる」抑揚のない声だった。「死神が文句を言うぞ」

天使は一顧《いっこ》だにしなかった。

「鎌《かま》を持たない死神など恐るに足らずですよ」

「死神の鎌は単なる装飾だ」

「解《わか》っています。修辞的な比喩《ひゆ》ですよ。あなたが私を恐れないように、私も死神さんを恐れない。それだけのことです」

二つの人外の者は同時に会話を打ち切った。悪魔《あくま》はポーズを解除し、天使は幽霊《ゆうれい》へと、

「では酔狂ついでに、今度は忠告を差し上げましょう」

《それも天使の役割なの？》

「忠告は黙《だま》って聞くものですよ」

やんわりと質問を封じておいて、天使はウチワの端で唇を擦《こす》った。

「もしあなたが、これ以上不幸になりたくないのなら、」

朱のさした唇にじんわりと不吉な笑《え》みが浮かぶ。

「さっさと死神さんに連れられて、天に召されてください。それがあなたの最善です」

事代《ことしろ》は肩を落とす。

《今以上の不幸はないよ。僕は死にたくなかったんだ……》

「けっこうなことじゃないですか」

天使は大きく伸びをして、蟻《あり》の巣に熱湯《ねっとう》を注ぎ込もうとしている子供のような顔で、

「私たちは死にたいときに死ねません。我々《われわれ》の役割に死は入れられていないからです。死ぬ自由と権利を持つ人間たちがたまに妬《ねた》ましくなりますよ」

絶句する事代に、天使は重ねて言った。

「私の予言と忠告を忘れないでいただきたいものです。いいですか、私はちゃんと言いましたからね」

天使の最後の言葉は事代には理解不能だった。彼女はこう言ったのだ。

「しょせんは装置です。これ以上の誘惑は装置たる我々の職分《しょくぶん》を超えているのですよ」

とうとう最後まで、事代は意味もわからずその生と死を終えることになる。

天使の予言は成就して、忠告は無駄《むだ》に終わる。

＊＊＊

その頃《ころ》、第三の人外と三人の人間はデパート地下のレストラン風定食屋にいた。ここもまた寂《さび》れているのは言うまでもなく、提供される料理はクオリティよりもボリュームを第一義に唱えることで辛うじて批判の矛先《ほこさき》をかわすことに成功している。

建御《たけみ》にとってはありがたい。安上がりに満腹を保証されるなら、味わって喰《く》わねばならない、と思わせるほどの質などないほうが気兼ねなく胃に流し込めるというものだ。一時の食欲不振は入り口に飾られたイミテーションを見た段階でどこかに吹き飛び、現在の彼は貧乏性によって胃腸を支配されていた。

建御の横に座る杵築《きづき》と、向かいにいるミワは贅沢《ぜいたく》な子猫のように小食だった。余り物を見逃すほど建御の成長期は終焉《しゅうえん》に届いておらず、これまた気兼ねなく彼は友人と友人の恋人の皿の上を片づけてやっている。片づける必要がないのはミワの隣《となり》でフォークを逆さに握っている小さい人型《ひとがた》の前の皿だけだ。

死神は皿に載った料理を一つ一つ指さしながら、いちいち、

「これは何か」

と、機械的《きかいてき》に尋《たず》ねていた。

そんな童女の様子《ようす》を微笑《ほほえ》ましく見守るミワが「コロッケ」「トマト」「タバスコ」などと几《き》帳面《ちょうめん》に答えてやり、答えを聞いた順に死神は食料に噛《か》みついて咀嚼嚥下《そしゃくえんか》した後、

「そなたの家で出てきた糧食《りょうしょく》に比べると味に面白《おもしろ》みがない」

というような感想を面白くもなさそうに述べ、述べられた建御は、

「家《うち》のオカンはちょっと味音痴《あじおんち》気味なんでな。甘いか辛いか極端なんだ。そんなもんを面白いと思ったことはねえ。単にマズいだけだ」

と、答えて氷水をすすり込む。杵築は茶番を見ているような顔でその場に座っていた。彼にすれば娯楽のための食事と栄養補給のための食事にはほとんど差違《さい》がなく、あるのだとしても今は後者のほうらしい。

楽しそうにしているのはミワだけ、後の三名はどうでもよさそうに箸《はし》やフォークを使っているという時間がのんびりと過ぎ去っていく。

建御を安堵《あんど》させたことに、ミワは杵築との逢瀬《おうせ》に二名の闖入者《ちんにゅうしゃ》が混ざり込んだことに不快を感じていないようだ。喜んでいるようにさえ見える。杵築とは毎日のように会っているだろうから、こうして多少の変化が発生するのもいいと思っているのだろうか。しかし建御が一人で二人の間に入り込んだりしたらこうもいかなかっただろう。表面上は何も変わらず丁寧《ていねい》に微笑みながら、薄皮《うすかわ》一枚下では想像もできないような感情を渦巻かせることになるはずだ……。

杵築がすべてをつまびらかにすることはなかったが、そのくらいの洞察力は建御にもある。ミワは自分と杵築の間に隙間《すきま》を感じるとどうにかなってしまうらしい。建御だろうと誰《だれ》だろうと、二人を隔絶させる存在を認めない。

夜になればそれがよく解《わか》る、と杵築が漏らしたことがあった。あれは一年ほど前だったろうか、二人のデート中に偶然通りかかった建御が杵築としばらく立ち話をしただけで、その夜のミワはどうにかなってしまったらしい。詳しくは知らない。聞きたくもなかった。

建御はそっとミワの様子をうかがう。奇蹟《きせき》のように綺麗《きれい》だ、というのが彼の主観的烏衣《うい》ミワ像である。自室に現れた天使がこの顔を持っていなくてよかった。そうなればどうにかなってしまうのは彼のほうだっただろう。

今のミワは心から楽しそうだ。死神に向けられる目には、それがプレゼントされたばかりの新しい人形であるかのような光が瞬《またた》いている。さしずめ建御《たけみ》は人形を持ってきた配送業者だろうか。その程度の認識《にんしき》でいてくれたほうが、かえってありがたいのだ。

彼女の関心が向かう対象は、彼女の姉の興味《きょうみ》を刺激《しげき》する対象ともなりうるだろうから。

あの女にだけは注目されたくはない、と建御は切実に思っている。

だが、往々にして人の願《ねが》いは叶《かな》えられないものだ。建御の役目はすべてが終わってもなお、終了を告げられることがない種類のものであった。彼はまだ知らない。何も。自分がするべきことも。

＊＊＊

デパートを出て、杵築《きづき》たち三名はミワと道を分からせた。

「ごめん、ミワ。僕たちはこれから友達の初七日《しょなのか》に行かなくちゃいけないんだ」

実際には事代《ことしろ》が死んだのはもっと前だから、事代家が初七日をおこなっているのだとしてもすでに終わっているだろう。

ミワは弔《とむら》うような形に眉《まゆ》を下げると、

「お友達ですか」

「うん、僕はあんまり知らないんだけど、建御が親しかった。そのイズモさんの顔見知りでもあってね、彼女が建御の家に来たのはこれが理由の一つなんだ」

よくもまあ、と建御は感心する思いだ。でまかせを淡々と言うことができるものだ。ひょっとしたら事実なのではないかと思いそうになる。

「お悔やみを申し上げておいてください」

ついてきたかったのだとしてもミワの素振りからは何も読みとれない。純度の高い淡水のような微笑を上向けて、

「でも、後で家に寄ってくださいね」

「そうする。夜になるかもしれないけど、必ず行くよ」

「待っています」

ミワはひょいとかがんだ。死神の目の高さに顔を持っていく。

「イズモさん、また会いましょうね」

死神はゆっくりと瞬《まばた》きを一回だけして、少女の目の奥を覗《のぞ》き込みながら、

「いや、二度と会うことはないだろう」

別れの挨拶《あいさつ》にしてもヒドすぎるな、と建御は心の中で呟《つぶや》く。人でなしとはよく言ったものだ。

杵築《きづき》を見習って適当な嘘《うそ》を垂れ流しておけばいいのに。

「我《われ》は長居を望まない。茶番に付き合うのは悪趣味《あくしゅみ》としてはよいが、あくまでかりそめのものだ。本来の職責《しょくせき》を忘れるほど我は勤務評定に無関心ではない」

「そうなのですか」

ミワは驚《おどろ》いた様子《ようす》も見せず、また死神のセリフに疑問を持った様子でもなく、

「残念です。あなたにはもっと似合う服を選んであげたかった」

死神は自分の洋服を見下ろし、建御《たけみ》の顔を見上げてからミワを見つめた。

「茶番ではあったが、一興《いっきょう》であった。おかげでこの者の」と建御を指し、「我に対する欲望が増進したと信じる。感謝《かんしゃ》を」

こくんと下げた髪を、ミワは愛《いと》しそうに触った。

「でも、気が変わったらどこかで。きっと」

「そうだな」

死神は何事か考えているようだったが、やがて明瞭《めいりょう》に言った。

「それまで長生きすることだ。次に我の当番が回ってくるまで百年はかかるだろう。偶然の神は女神なので色仕掛けが通用せん。帰ったら袖《そで》の下でも渡しておく」

「ありがとう」

立ち上がったミワは目尻《めじり》を緩《ゆる》ませて死神に手を振った。そして杵築に誘うような目を見せつ

け、最後に建御に声をかけた。

「気をつけてくださいね。建御さん、姉もあなたのことを気にかけています」

どうしてだ。建御はぞっとする思いを堪《こら》えきれない。冷房の効いた建物から出てきたにしては遅すぎるタイミングで汗が噴《ふ》き出してきた。やっと今が夏なのだと思い出す。冷夏のせいだ。夏を返して欲しかった。

名残惜《なごりお》しげに立ち去るミワの姿が完全に消えるまで、建御の冷たい汗が蒸発することはなかった。

死神と杵築が会話する声も遠い。

「そなたはあの者と毎日やっておるのか」

「何を？」

「粘膜による接触だ」

「そうだね。してるよ」

「それは心地《ここち》よいからか」

「それもあるね」

「それ以外に何があるというのだ」

「色々と、あるんだよ。他《ほか》にも理由が」

「生殖のためか」

「まあね」

「我《われ》の見たところ、あの者はまだ受精できないはずだ。であれば労力のいっさいは無駄《むだ》であろう」

「僕もそう思うよ。だから色々あるんだ。人間はどんな無駄なことにだって理由を作ることのできる生き物だからね」

「そのようだな」

ムカムカしてきた。死神にも杵築《きづき》にもだ。そんな話を聞かされる建御《たけみ》はたまったものではない。こっちのことも考えて欲しい。

「おら、行こうぜ！」

大声を振り絞らないと、気持ちがくじけてしまいそうだった。

「心の底からうんざりすることをさっさと片づけてしまおうじゃねえか。杵築、案内しやがれ、幽霊《ゆうれい》の家までな！」

＊＊＊

建御の威勢のよさもそこまでだった。

想像以上に懊悩《おうのう》を伴う作業が彼を待ち受けていた。ある意味、到着するまでの道のりにおいて、変に想像してしまったがために建御は加速度的に陰鬱《いんうつ》な精神を持てあまし始めており、到着する頃《ころ》には自らの精神によってがんじがらめになっていた。

「幽霊になってからの知り合いの仏前に参るには、どの面《つら》を下げていけばいいんだ?」

単体歩行をさせるとどこに行くか解《わか》らない死神の手を、こうしてしっかりと握っている自身の姿も気にくわない。建御は何度も「これは年の離《はな》れた妹なのだ」と思い込もうとしたが、もとより居るはずのない近親に感じる情を昨日《きのう》登場したばかりの異質な性格の持ち主に抱けるはずもなく、よく知りもしない幼女の手を不埒《ふらち》な目的で引いているいかがわしい男子高校生が、幼気《いたいけ》なお嬢《じょう》さま候補をどこか暗くて湿った場所に連れ込もうとしている現行犯なのではないかと誤解されることを恐れ、通り行く人々が残らず目撃者《もくげきしゃ》になりたがっているのではと疑心にかられ、その恐怖に囚《とら》われるあまりただ歩くだけでみるみるうちに疲れ切っていくのだった。

おまけに死神の手は温かく柔らかい。まるで人間の少女のようだが、彼は体育祭のフォークダンスでしかそんなものを握ったこともない。

「……調子《ちょうし》が狂うよなぁ、こんちくしょう」

事代《ことしろ》のことも頭にある。彼は猟奇殺人事件の被害者であり、そんな被害を受けた子供を持つ親の心境など、建御のこれまでの人生で学んだ歴史の中でもそうそう思いつかない。思いついたら逆に礼を失していると言うべきだろう。勘違いか思い込みのどちらかであろうからだ。

彼の胸の内を知ってか知らずか、杵築は悠々と前方を歩いている。頭に事代家までの道筋がきっちり記録《きろく》されているのだろう。迷う素振りを少しも見せず、曲がるべき交差点で曲がり、直進すべきところを惑いなく歩き続けている。

もう三十分近くそうしていた。

最初はキョロキョロと周囲を見回していた死神も、「あれは何か」と目についた標識《ひょうしき》や地蔵を指さして尋《たず》ねることをやめ、興味《きょうみ》を失ったように眠たそうな足取りでぽたぽたと歩いていた。ただでさえ歩幅が短いので、たびたび建御《たけみ》が引っ張ってやらないとますます歩調《ほちょう》も遅れがちになる。

杵築《きづき》はそんな建御と死神に合わせていた歩調を不意に止めた。

なんてことのない道の途中である。左側には緑の稲で覆《おお》い尽くされた田圃《たんぼ》が広がっていた。右手は不動産屋の看板だけがぽつんと立っているただの空き地。

「どうした？」

建御が訊《き》くと、杵築は振り返って教えた。

「ここが現場だよ。事代《ことしろ》くんが殺された場所。その電柱の脇《わき》がそうだ。だいたいそのあたりに死体があったそうだ」

あまり見たくはなかったが、建御の視線《しせん》はうっかりそちらを向いてしまう。幸いなことに何も残っていなかった。白いチョークの跡も血痕《けっこん》もない。警察《けいさつ》なり近隣《きんりん》の住人なりが綺麗《きれい》に洗い流してくれたのかもしれなかった。アスファルトが素面《しらふ》の顔をして陽光を受けているだけだ。

杵築はゆっくりと周囲に目を巡らせ、建御もそうした。

なるほど、電柱にちゃちな街灯が付着していたが、陽《ひ》がすっかり落ちたらかなりの暗がりを演出しそうな道だ。痴漢や引ったくりには充分注意すべきだろう。だが、死体をバラすような猟奇殺人犯にどうやって注意を払えばいいのかは解《わか》らない。こんなところで堂々と時間のかかる手間をかける人間に、どんな注意をしたらいいのだ?

苦い顔で眉間《みけん》を押さえる建御に、

「行こう」

声をかけて杵築は歩き出した。

「事代くんの家はもうすぐだよ」


事代家は二世帯型の建て売り住宅で、新築したばかりのように見えた。

玄関先のチャイムを押すと、ややあって掠《かす》れ気味の声がインターホンから流れ出し、何者による来訪なのかを問うた。

「杵築と言います」建御は友人の平然たる声を聞いた。「事代くんとは最近会ったばかりなんですが、今日《きょう》になるまで彼がどうなったのか知らなくて」

淀《よど》みなく杵築は言った。

「せめて仏前に参らせていただこうかと思ったんです。友人も一緒《いっしょ》に。よろしいでしょうか?」

ドアが開いて出てきた者は、事代《ことしろ》の母親らしい女性だった。精神的な疲労に沈んだ表情は、曖昧《あいまい》で悲しげな微笑をもって当人の感情を露《あら》わにしている。

「和紀《かずき》のお友達のかた……？」

その婦人は魂の抜けたような声で呟《つぶや》き、門の前に立つ三名に暗い視線《しせん》を投じる。その目が死神のところでふっと緩《ゆる》んだ。

「どうぞ、お入りください」

ここまで来たら他《ほか》に為《な》すすべはない。建御《たけみ》は覚悟を決めて事代家の敷居《しきい》をくぐる。ちゃんと場をわきまえているのか、死神も大人《おとな》しくついてきた。ただし靴を脱がしてやるのがまた一苦労だったのだが、上がり框《かまち》に佇《たたず》む事代のおそらく母はやはり曖昧な表情で眺めるだけで、いっさいのコメントを漏らすことがなく、どこかにまともな感情を置き忘れているような気配《けはい》を感じる。

建御が知らない家の空気を胸一杯に吸い込みつつ死神の靴を脱がせ終わると、現在の事代よりも幽霊《ゆうれい》らしく歩く彼女は、三名を二階の和室に導《みちび》いた。

床《とこ》の間《ま》に煌《きら》びやかな仏壇《ぶつだん》が設置され、家族が故人に対して持っていた感情の大きさを示している。写真の中で照れくさそうに笑っているバストショットは、建御の部屋で小さくなっている幽霊のもので間違いない。高校入学時に撮《と》られたと思《おぼ》しき写真を見る限り、その被写体の未来は生身の身体《からだ》を持ったまま、まだしばらく続くだろうという予想を確信《かくしん》させるものだった。

まさか十六で人生が終わるとは誰《だれ》一人想像していなかっただろう。

和室の四角いテーブルに、建御ら三名は並んで座らされた。畳の上で正座するなんて何年ぶりだ？

お茶を持ってくる、と言って席を外しかけた婦人に、

「先に線香《せんこう》をあげさせてもらってもいいでしょうか」

杵築《きづき》は変わらない口ぶりで言い、婦人の許可を得てさっと立ち上がった。滑るような動作で仏壇の前に移動し、線香に火をつけて線挿《せんさ》しに突き立てると手を合わせて頭《こうべ》を垂れる。建御には何度も居住まいを正さなければならないくらいの長い時間に思えたが、時計的には一分ほどだったろう。顔を上げた杵築は佇んだままの婦人にも一礼し、如才《じょさい》のない動きで元の席に戻った。肘《ひじ》でつつかれる。

「ほら、キミの番だよ。それからイズモさんも」

建御は早くも痺《しび》れかけていた足をどうにか動かし、婦人と顔を合わせないように仏壇と対峙《たいじ》した。写真立てにある事代の笑《え》みも見ないようにする。ぎこちなく線香を立て、合掌《がっしょう》すること十秒。ふと隣《となり》に気配を感じて目を開ける。死神が殊勝な面持《おもも》ちで、ただし眠そうに建御を見上げていた。

ありがたいことに死神は無言を貫き通していた。自発的に動こうともしないため、建御が火をつけた線香を握らせてやる。死神はたどたどしい手つきで、煙を出す緑の棒を突き刺した。

いかにも見よう見まねといった感じで両手を重ねる。

「…………」

息をのむような声がした。建御《たけみ》がおそるおそる見上げると、婦人が泣き笑いのような表情を貼《は》り付けて死神の横顔を見つめていた。その瞳《ひとみ》がじわじわと潤《うる》み始め、涙が頬《ほお》を伝うまでに時間は必要ではなかった。嗚咽《おえつ》のような声を漏らし、彼女はさっと身を翻《ひるがえ》した。階段を下りていく音だけが和室に残った。

建御にとって、地獄のような時間が始まった。

「事代《ことしろ》くんとは学習塾で知り合いました」

杵築《きづき》が言っている。

「夏休みに入ってからの補講《ほこう》でです。僕と彼――建御くんと言うんですが、僕たちがたまたま受講したクラスに事代くんもいたんです。それまで顔を合わせたことはありませんでしたけど、割と仲良くなって」

「そうなんですか」

事代の母と名乗った女性は弱々しく微笑しながら首をうなずかせている。三人ぶんの日本茶と茶菓子を持ってきた彼女に問われるまま、杵築は歯切れよく答えていた。

全部嘘《うそ》っぱちだ。

建御は気が気でなかった。事代が何の科目を受講していたのか、突っ込まれたら答えようがない。この品の良さそうな事代母を騙《だま》しているのも心が痛む。だが本当のことを言えるはずもなく、建御の居心地《いごこち》の悪さは杵築が何か言うたび上昇する。

「古い映画の話でお互い気が合ったんです。誰《だれ》も好んで観《み》に行きそうにない映画が好きで、そのうちリバイバル上映に行こうとか約束したんですが……」

特に残念そうでもなく杵築は言う。しかし事代の母はハンカチを目尻《めじり》に押し当てて、一つ一つうなずいている。

「そちらの女の子は建御の妹です」

確《たし》かに、死神だとは言えまい。ましてや幽霊《ゆうれい》となったあなたの息子さんをあの世に連れ去ろうとしていたなどと。

「建御の両親が出かけているので、一人で留守番させるわけにもいかずに……。失礼とは思いましたが、ここまで連れてきてしまいました。すみません」

「いいえ」

婦人は微弱な微笑を浮かべ、

「かまいませんよ。可愛《かわい》らしいかたが来てくれて、和紀《かずき》も喜ぶでしょう」

建御の胸がギリギリと疼痛《とうつう》を訴えた。

死神はずっと黙《だま》ってぼんやり座っているだけだった。それを事代の母は知らない家に来て緊張《きんちょう》しているからだと解釈しているようで、しきりに菓子類を勧めていた。死神は無言で建御《たけみ》を見つめ、彼が首肯《しゅこう》するのを待ってから手をつける。そんな仕草《しぐさ》が事代《ことしろ》の母の涙腺《るいせん》をますます刺激《しげき》するようだった。

建御は罪悪感と透明なプレッシャーで押しつぶされそうになっていた。一刻も早くこの場を立ち去りたい。平気な顔でよく知りもしない故人との思い出を語る杵築《きづき》はどうかしている。どうしてこんなことをしなくてはならなかったのか？

事代の母親はとうとうアルバムを持ち出してきた。ゆっくとページを繰《く》りながら、息子が生まれた状況から説明を開始する。杵築のあいづちが絶妙なこともあって、婦人の話は途切《とぎ》れることなく続いた。

いたたまれなさのあまり、建御は目眩《めまい》を感じる。おそらく適度に美化されているのだろうが、事代の人生は何一つ波風のない優良《ゆうりょう》なものであるようだった。知りたくもなかった情報である。そんな奴《やつ》がどんな理由があって殺されねばならない。

母親の語りの中でも事代の生が尽きるときが来た。彼女は涙ながらに息子が突如として物言わぬ物体と化した悲しみを告白したが、建御はもうろうとしてほとんどを聞き取ることができなかった。解《わか》ったのは母として彼女がいかに深い悲しみを抱えているか、息子に死の裁きを下した忌《い》まわしい犯人と不実な神に怒りを抱いているか、その犯人の正体が誰《だれ》なのか未《いま》だ特定できていないと彼女が警察《けいさつ》から聞いたということくらいだった。

さすがの杵築も事代の殺害模様までは突っ込まなかった。やがて聞き逃した情報はないと判断したのだろう、

「では、そろそろ。僕たちはこれで」

タイミングよく切り出して、

「犯人が早期に捕まることを祈っています。僕たちにできることはそれくらいなものですから」

丁寧《ていねい》に頭を下げて立ち上がった杵築に建御もならい、死神も従った。

玄関まで見送りに来た事代の母は、

「どうか、また来てください。今日《きょう》はありがとうございました」

深々とお辞儀《じぎ》をして、少しは生気の戻った微笑《ほほえ》みを浮かべた。

心が痛い。

＊＊＊

三つの影《かげ》が長い。すっかり夕方になっていた。

「よくまあ、あんなデマカセが言えるもんだな」

事代宅からの帰り道、建御は自宅へ向かう帰路を急ぎながら毒づいた。前を歩く杵築が逆光の中で振り返る。

「本当のことを言ったほうがよかったかな？　事代《ことしろ》くんがまだこの世でさまよっている、って聞けば彼のお母さんは彼に会いたがるだろうけど、僕はどちらかと言えばそんなシーンを見たくないよ」

建御《たけみ》は死神を引く手に力を込めた。

「俺《おれ》もだ。そのうちこいつが連れて行っちまうことは確定《かくてい》してんだろ。そんな延長戦なんかしないほうがマシだ」

「それにすべてがデタラメなわけじゃない。彼の趣味《しゅみ》がオールド映画なのは事実さ」

「何で知ってんだ」

「カミナから貰《もら》った資料に彼の個人情報があったからね。だからさっき彼のお母さんから聞かされた話はほとんど知っていたんだ」

「道理でな。あいづちの打ち方が堂々としていると思った」

「でも、その子が何も言わないでいてくれて助かったよ。自己紹介を始められたらどうしようかと思ってたんだ」

杵築《きづき》は死神の顔を一瞥《いちべつ》し、

「少しは遺族の感情を考慮《こうりょ》してくれたのかな？」

「いや」

と、死神は言った。

「我《われ》は眠かっただけだ。本日は退屈な動きをしすぎた。今も眠くてたまらない」

ふいっと死神は顔を反らして建御を見上げ、

「そなたの背を貸すがよかろう。歩くのもおっくうになってきた」

人形のように愛らしい唇をしているのに、吐き出す言葉はいつも気に障るものばかりだ。建御は憤然《ふんぜん》と、

「うるせえ。てめえの足で歩け。それともここらで放置してやろうか？」

「我ならばかまわんぞ。そなたの代わりに誰《だれ》かが我を連れ去って行くであろう。おそらく、どこか暗くて湿った場所にである。そして我は肉欲の限りを尽くしたり尽くされたりすることができる」

建御は低く小さい唸《うな》り声を上げた。死神の貞操観念《ていそうかんねん》に対する呪詛《じゅそ》でもあった。自分はこんなちんまいヤツを何とも思うことはない。だが、世界は広く、夜はもう近かった。

「背負ってあげたらいいじゃないか」

杵築が死神に同意した。

「彼女は目につくところにいてくれたほうが助かるよ。放っておいたらいつ事代くんを連れ去っていくか解《わか》らないし、それまで天使と一緒《いっしょ》にいてもらおうよ」

「解ったよ。これ持っててくれ」

不承不承といった感じを演技しつつ、建御は中古の専用ジョイスティックが入った中古ゲー

ム店の手提げ袋を友人に渡した。腰を落とす。

「乗れ」

「礼を言う」

死神は建御《たけみ》の背にへばりつき、細い腕を部屋の主《あるじ》の首に回した。死神の前髪が耳をくすぐる。

それはどちらかと言わなくても良い感触をしていた。

「軽いな、お前」

歩き出した建御が思わず呟《つぶや》いた感想に、返答はなかった。

安らぎに満ちた寝息だけが耳朶《じだ》を打つ。

「んで？」

建御の話し相手は杵築《きづき》以外になくなった。幸いなことだ。

「今後のスケジュールはどうなってるんだ？」

「まず事代《ことしろ》くんに報告だね」

眠りこける死神を興味深《きょうみぶか》そうに眺めていた杵築の目がスライドし、

「彼は自分の死因を知りたがっていたから、教えてあげるのが先決だろう。問題は、知ったからと言って成仏《じょうぶつ》する気になるかどうかだね」

「なると思うか？」

「キミならどうする？　殺されてバラされておきながら、それをした犯人が誰《だれ》かも解《わか》らず、動《どう》機《き》も不明だって知ったら、それであきらめるかい？」

「無理だな。悪霊《あくりょう》になってそいつを呪《のろ》い殺すまで地上をうろうろするだろうよ」

「同感だね。普通の人間ならそう思うよ」

お前はどうなんだ。

すんでのところで建御は口走りそうになった言葉を封印した。もしお前が誰かに意味も解らず殺されて、それで幽霊《ゆうれい》になったとしたら、そんな自分をお前はどう思うんだ？

友人は再び前だけを向いて歩いている。事代の家に行く前と何も変わっていなかった。幽霊となった不憫《ふびん》な少年の母親と出会い、嗚咽《おえつ》の入り交じる追想話を聞いてからも何一つ変化していない。

こいつがどんなことにも動じなくなったのはいつ頃《ごろ》だった？　去年か？　一昨年《おととし》か？　それよりもっと前だったか……。連続する記憶《きおく》の中で、建御の中にある杵築の像は少しずつ若返っていく。しかし、出会って以来この友人がどれだけ変化したかを思い浮かべることは困難《こんなん》だった。ゆっくりと秒単位で変わっていくものの区切りを発見することは難《むずか》しい。

そして知らなくてもいいことは必ず誰にも存在しているのだ。

＊＊＊

事代家《ことしろけ》を辞してから一時間ほど歩き続け、建御《たけみ》たちは彼の自室に辿《たど》り着いた。

建御にとっては住《す》み慣《な》れた我《わ》が家、杵築《きづき》にとっては単なる幼なじみの部屋、死神たちには仮の宿となっている。

建御はフラフラになりながら靴を脱いだ。

疲労困憊《ひろうこんぱい》する一日だった。ここまでても充分に疲れ切ったのに、憩《いこ》いの場となるべき自室に戻ってもまだ疲労の続編《ぞくへん》が待ちかまえているのだ。連中は休養充分、少しは歩き回って眠りこける死神を見習えと言いたい気分にもなろう。

「おやおや」

天使は建御に背負われる死神を見るや、嬉《うれ》しそうに微笑《ほほえ》んだ。

「ちゃんと解《わか》っているではないですか。そう、そういうのが必要なんですよ。単なる天然なのか、理解した上での計算なのか、後者だとしたら恐るべきあざとさですが」

天使の居場所は変わらずベッドの上だった。彼女が寝転がっていると、質素なシングルベッドがまるで古代ローマの貴族が豪奢《ごうしゃ》な寝椅子《ねいす》でそうしているかのような錯覚《さっかく》に陥る。

「少し場所を空けてやれ」

建御は死神を背中から下ろして、ベッドの縁《ふち》に寝かせた。すうすうと眠り続ける死神の横顔はそこはかとなく無邪気だった。

室内がどうも静かだと思ったら、テレビがついていない。当然、勇ましいゲームのBGMもなく、ではゲーム機《き》のコントローラーを離《はな》さなかった悪魔《あくま》がどこにいるのかと見てみれば、ベッドとは反対側の壁際《かべぎわ》で背を向けて横になっていた。

「悪魔さんですか？　彼なら何度リプレイしてもラスボスに勝てないと言いまして、ひとしきり悪態をついたのち、ふて寝してしまわれました」

天使は解説して、目を転じた。

「それにしてもずいぶんと化けましたね」

幼い寝顔を見て微笑む。

「このまま二時間ほど死神さんと二人きりにして欲しいくらいです」

「何をする気だ」

「十八歳未満お断りなことをするに決まっているではないですか。死神さんは私の絡みの相手としては幼すぎますが、こういった需要も確固《かっこ》としてペイライン上にあるのです」

「そんなもん、売り物にするな」

「どんな時代でも性産業は不況に強いのです。これは万国共通、時空を超えた最も手っ取り早い金銭獲得《かくとく》方法として世界的な常識《じょうしき》ですよ。グローバルスタンダードというやつです」

天使はうっとりと死神の寝姿を見下ろした。

「しかしまあ、可愛《かわい》らしい」

「お前はそういうのが好みなのか？」

「愛玩的《あいがんてき》にではなく、情欲的にですが。私は死神さんに悪さをしたくて仕方がありませんよ」

「どう違うんだ。いや待てよ」建御《たけみ》は考え考え、「たとえば、可愛らしい赤ん坊を見て、純粋に『可愛いなあ』と思う感情はどっちなんだ」

「そんなの簡単《かんたん》ですよ」天使は明快に、「それは〝純粋に『可愛いなあ』と思う感情〟でいいのです。わざわざ別の言葉で表現しようとするから忌々《いまいま》しいことになるのです。ひっこんでいなさい、と言いたいですね」

「誰《だれ》にだよ？」

「得体《えたい》の知れない概念を言葉で定義したがるすべての存在にです」

「そりゃお前のことだろうが！」

「誰にも本質が解《わか》らないのに抽象的表現だけが一人歩きしてしまった典型です。素知らぬふりをして流しておけばいいんですよ。困らない程度のニュアンスを共通認識《にんしき》として持っていればそれでいいのです。解説にこだわる必要はありません」

「お前がこだわってたんじゃねえか！」

天使はニヤリと笑い、ウチワで死神の寝顔を扇《あお》ぎ始めた。都合が悪くなると意味もなく意味

ありげに微笑《ほほえ》んでごまかす奴《やつ》とは議論《ぎろん》にもならない。建御は斜めになった機嫌《きげん》のまま、

「俺《おれ》のオカンはどこに行った？」

「買い物です。それがどうかしましたか？　あなたが必要以上に母親を気にしているとは思えませんが」

「余計なお世話だ」

涙をこぼす事代《ことしろ》の母のことを思い出してしまったとは、死んでも言うものか。

《どうだった……？》

事代のおずおずとした声が頭に響《ひび》く。半透明の少年は壁《かべ》に同化したかのように角の隅に立っていた。

建御は半瞬《はんしゅん》の間、逡巡《しゅんじゅん》して、

「杵築《きづき》、お前から言ってやってくれ」

精神的負担を友人に肩代わりしてもらうことにした。杵築は肩にかけていた鞄《かばん》を床に下ろして、

「いいよ」

建御の放棄した負担をやすやすと担いだ。幽霊《ゆうれい》のいる隅っこに向かう姿はどこまでも淡々としている。普段《ふだん》なら冗談《じょうだん》混じりになじるところだが、今は場合が場合だ。建御は胸くそ悪い事実を冷静に告げるだけの強者《つわもの》ではなかった。

彼らが話す内容もできれば耳に入れたくない。

建御《たけみ》はゲーム機《き》の横に転がるテレビのリモコンを手にして、大した思慮《しりょ》もなく電源《でんげん》をオンにする。

テレビは高校野球を映し出した。最終試合がナイターに入っている。

黒衣の寝姿が、途端《とたん》にむくりと身体《からだ》を起こした。建御に切れ長の目を固定して、

「買ってきたか」

無言で親指を立て、建御は、そのまま手を寝かせて杵築《きづき》の鞄《かばん》とともに置かれている袋を指した。

のそりと立った悪魔《あくま》が袋をがさがさささせるのを見るともなしに見ていると、

「ああ、これですよ」

天使の声だった。金髪を結わえた白い顔がテレビを向いて破顔《はがん》している。視線《しせん》を追う。映っているのは白球やそれを投げたりバットでひっぱたく映像ではなく、アルプス席の応援風景だった。

「これが正統的な〃純粋に『可愛《かわい》いなあ』と思う感情〃のポジションです。急造チアリーダーとして駆り出された女子高生たち、その彼女たちがたどたどしくポンポンを振る姿にこそ、無心なる微笑《ほほえ》ましさが発生するのです。何と言いましても、この少女たちは打算的な思惑があってこんな振《ふ》る舞《ま》いをしているのではないのですよ。その事実が大きく物を言います。あくまで

自発的なものであり、またアマチュアであり、かつ無償《むしょう》でなくてはならないのです」

「ああ、そうかい」天使の妄言《もうげん》を聞く耳など建御は持たない。

画面はすぐに切り替わった。真っ黒に日焼けしたピッチャーがオーバースローで何球目かを投じ、見送ったバッターに対し審判《しんぱん》がストライクアウトを宣言した。

「いったいこの放送局は何を考えているのでしょう。アルプス席、いいえ、チアガールをもっと映すべきなのに、なんともったいない。あなたも思うでしょう？」

「まあ、思わんでもないが……」

それ以上、建御は何も言わなかった。応答する気をなくしたからである。死神が起きていれば余計なことを言って雑《ま》ぜっ返しただろうが、幸いなことにまだ眠っている。問題なのはその寝顔が恐ろしくいとけないことだった。

気づけば悪魔がすぐ側《そば》で陰鬱《いんうつ》に立っていた。無表情に言う。

「もういいか」

悪魔は箱から出したツインスティックを大事そうに抱えていた。

「俺《おれ》はラスボスを倒したい。さっさとチャンネルを変えろ」

まあ、いいか。と建御は思う。

今日《きょう》は疲れすぎた。第一に死神を連れて歩かねばならなかった。第二にミワと顔を合わせなければならなかった。第三に事代《ことしろ》家訪問。死神を背負ってやったのは別に疲れることでもなかったから数えなくてもいい。だが、一日に三つも疲れることがあればもう充分だ。

第四の疲労要素がないことを彼は祈る。

幽霊《ゆうれい》は杵築《きづき》の話を黙《だま》って聞いていた。今のところは。

昨日《きのう》に引き続き人外の三名はおのおの勝手な振《ふ》る舞《ま》いを見せていた。はっきりさせておかねばならない。ここは建御《たけみ》の部屋だ。なのに誰《だれ》もがその事実を忘れているかのようだった。悪魔《あくま》はさっそく起動させたゲームに中古のスティックを接続させ、天使はだらしのない笑《え》みを死神の寝顔に落としている。死神は寝ている。そこは本来、俺《おれ》の寝床だ、と言っても無駄《むだ》だろう。彼女たちが了承しても母親がうなずくまい。何をやっても彼は別室にて悪魔とともに眠ることになるのだ。まったく悪魔らしくないので得体《えたい》の知れない恐怖もなかったが、文句を言い続けていないといつの間にかすべてを肯定してしまいそうで、それが恐怖と言えば恐怖だった。

建御は溜息《ためいき》を吐《つ》く。それを合図としていたのか、死神はパッチリと目を開いた。

「惰眠《だみん》を貪《むさぼ》ったようだな」

ひょろりと頭を起こし、近距離《きんきょり》に天使の身体《からだ》があることに目をすがめつつ、

「どうだ、天使。我《われ》のこの格好《かっこう》は。この者は」と指さすのは建御に決まっていた。「裸よりもこのほうが感じるらしい。にもかかわらず、我が背おわれている間も内股《うちまた》一つ撫《な》でなかったぞ」

「嘆かわしいことです」

天使がやれやれと首を振り、

「そうですねえ。日が暮れる頃《ころ》を見計らってそこら辺の公園にでも行き、滑り台の上でそこの幽霊さんのように寂しく膝《ひざ》を抱えていたらどうでしょうか。きっと衝動によって理性をねじ伏せた者が大量に押し寄せて、我先にあなたをどこか暗くて湿った場所に連れて行ってくれますよ。そしてあなたは肉欲の限りを尽くしたり尽くされたりすることができるでしょう。私の一押し、お薦《すす》めです」

「薦めんなよ、そんなもん」と建御。

そうでなくても死神は、そうしそうなのだ。

天使は朗らかに、

「いいではないですか。それで誰が不幸になるわけでもないのですから。死神さんには人権だってないでしょうし、加害者が刑事罰を受けるとしてもせいぜい器物損壊罪《そんかいざい》くらいですよ。それだって親告罪《しんこくざい》ですので無罪はやる前から確定《かくてい》しています。死神さんの他《ほか》の仲間たちがわざわざ訴状を手にしてやって来ることはまずないでしょう」

「俺《おれ》が気にするんだよ！」

「あなたのその感想は法律ではなく道徳の問題ですね」

「法に触れなきゃ何してもいいってことにはならねえだろうが」

「もちろんそうです。しかし、そんな性善説が通用しないから人工の法が存在するのです。結局、人間は何かに縛《しば》られていないと自らを律せない生命体でなのですよ。誰《だれ》の目にも明らかでしょう」

「ちゃんと解《わか》ってるんだ！　俺《おれ》はな！」

「おかしなことをおっしゃいますね。あなたは地球上の至るところに存在するであろう、貧困と虐待《ぎゃくたい》にまみれて死んでいく若き乙女《おとめ》たちを一人一人気にしているのですか？　私の目は明《めい》確《かく》に否《いな》だと告げていますよ」

「話をすり替えるな。世界規模の話なら俺じゃなくて、もっと偉い野郎のところに行ってしやがれ。少なくとも死神——そいつは俺の手の届くところにいるんだ」

「おやおや、早くも死神さんに情が移ってしまいましたか。これはこれは、私もそうすればよかったでしょうか。容姿設定に無頓着《むとんちゃく》すぎましたかね。ですが、さすがに全裸幼女はマズいと思ったのですよ」

「ありがとうよ」

建御《たけみ》は黒い声で礼を言った。

「お前の思慮深《しりょぶか》さに今は感謝《かんしゃ》したいくらいだ。もっと地味な格好《かっこう》で来てくれたら感謝が感激《かんげき》になっていたかもしれん」

「だいぶ環境《かんきょう》に慣《な》れてきたようですね。昨日《きのう》のあなたは帰れとか出て行けという意味のことばかりを思い出したように吐いていたものですが。なかなかの成長ぶりです」

「出て行け」

「言うまでもなくお断りです。私はこの空間を気に入ったものですから」

天使はウチワで口元を隠して雅《みやび》に微笑《ほほえ》んだ。

「それに悪魔《あくま》さんがこの世から消えるまで、私も帰還《きかん》を許されないのです。言ったでしょう？　正邪のバランスを崩すわけにはいきません」

「仮に正なんだとしても、てめえだけは好きになれそうにねえな、このクソ天使が」

「偽ディオニュシオスの位階分類で言うなら、私は座天使《ざてんし》あたりです」

「そうかい、そりゃよかったな」

「いいことなど何一つあった覚えはありませんがね。それを思えばクソ呼ばわりも許せそうな気分です。別にいいですよ、糞天使《くそてんし》でも」

建御は固形物のような息を吐いた。怪獣《かいじゅう》たちが口から出す火炎や怪光線《かいこうせん》の正体は実は溜息《ためいき》なのではないのか。やりきれない思いの発露《はつろ》を、連中はコミュニケーション不全の人間たちに知らせるべくあのような破壊《はかい》の権化《ごんげ》を吐き出しているのではなかろうか。もし俺が怪獣であれば、今がそれを吐くときだ。もっとも人外の者ならぬ人間である彼には湿り気を帯びた空気しか絞り出せないが。

そうしている間に、杵築《きづき》と事代《ことしろ》の話は終わったようだ。幽霊《ゆうれい》は元通りの位置で膝《ひざ》を抱え、杵築はどうともない顔をして建御に向き直る。

建御《たけみ》は本物の溜息《ためいき》を吐《つ》いた。

＊＊＊

予想に違《たが》わず、事代《ことしろ》は成仏《じょうぶつ》を拒否した。

《そんなの無理だよ》

悲しげに訴えるのだった。

《通《とお》り魔《ま》に襲《おそ》われて死んだからって言われても納得なんてできないよ。どうしてその人は僕を——僕じゃなくても誰《だれ》かを殺さないといけなかったんだよ？》

建御は苛々《いらいら》と己の髪をかき回した。

「知らねえ」

やや意地の悪い衝動《しょうどう》がわき上がる。

「すると何か、お前は犯人の動機《どうき》が理解できそうなものだったら納得して昇天するのか。知らないうちに殺意を覚えるくらいの恨みをかってて、それで殺されたんだとしたらいいってのか？」

言いながら後悔していた。事代が蒼白《そうはく》な身体《からだ》をさらに白くするのを見て、建御は自分の頭の悪さを呪《のろ》う。

「……すまん」
どうかしている。天使やら悪魔《あくま》やらが自分の部屋でだらだらしているという異常空間にあてられてしまったようだ、と建御は分析した。中でも幽霊が最も特異な存在だ。他《ほか》の三名は一応人間に見ようと思えば見ることもできるが、幽霊はどう観察《かんさつ》しても幽霊だった。それも望んでこうなったのではないのだ。自分の身に置き換えてみれば解《わか》ることだ。悪霊化《あくりようか》しないだけ事代はまだタチのいい幽霊と言える。
杵築《きづき》がそばに来て言った。
「事代くん、建御はキミに同情しているんだ。ここにいる誰よりもキミに共感しているんだよ。だからこそ憤《いきどお》ってもいるのさ。彼の口が悪いのは生来《せいらい》のものでね、気にしなくてもいい」
《うん……》
杵築の取りなしに、幽霊は静かに答えた。
《僕のほうこそごめん。僕がここにいるだけで迷惑だよね。本当ならすぐに出て行くべきなんだろうけど……。他に行くところもないんだ……》
弱々しい笑《え》みは彼の母親に生き写しだった。
《家には戻れない。こんな姿を見たら……母さんは卒倒するよ。きっとおかしくなってしまうだろうね》
「思い出したのかな？　生前の記憶《きおく》」

《少しずつね。キミの話を聞いて、だんだん記憶《きおく》が繫《つな》がるようになってきた。両親の名前とか、友達とか、……でも、やっぱりぼんやりとはしているんだけど》

二人の人間と一人の元人間がしんみりとしている間も、三体の人間以外はまったく雰囲気を考慮《こうりよ》してはいなかった。

悪魔《あくま》は望みの玩具《おもちゃ》を得た幼児のように、またもやゲームに没頭している。今はツインスティックの動作具合を確認《かくにん》するようにファーストステージのテムジンにしゃがみマインを撒《ま》きまくっている。ガチャガチャさせるレバーの音が耳障りだ。

天使と死神は仲良くベッドに並んで座り、下世話なトークを続けていた。

「その衣装は誰《だれ》の趣味《しゅみ》なのですか？　あなたの見かけ年齢《ねんれい》にはぴったりですが、少々華《はな》やかに思えます。普段着《ふだんぎ》と言うよりもピアノの発表会にでも行きかねない格好《かっこう》ですよ」

「烏衣巳輪《ういみわ》なる者の趣味だ」と死神。「我《われ》が何も言わないでいると、勝手にこのような衣服を買い与えてくれた。試着室とかいう狭いところでさんざん我を弄《もてあそ》んだぞ。かの女のほうがよほど我を楽しませてくれそうであった」

寝起きのままの目で、死神は建御《たけみ》を見つめた。

「この者は何をどうしたら我に欲情するのだ。我がこうまでしておるというのに、何故《なぜ》ゆえ快楽の享受を忌《い》むのか理解しがたい」

またその話になるのか、と建御はウンザリ感を抑えつつ、

「いくら格好が可愛《かわい》くてもな、そんなもんで俺《おれ》は騙《だま》されやしないんだ。だいたい俺は、」死神を睨《にら》む。「こんなメリハリのない身体《からだ》をした女に興味《きょうみ》はない」

同じ目を天使にも向ける。

「お前はありすぎる」

「あなたの言葉には矛盾《むじゅん》がありますね。見かけが問題ではないと言いながら、私たちの肉体的特徴で興味の有無《うむ》を左右させるとは」

「俺はてめぇらが好きじゃない。簡単《かんたん》な理由だろうよ」

「ですから、見た目以外に何が必要だと言うんですか」

天使はほのぼのと言い返した。

「自然界の生物が異性の目を引くためにわざわざ目立つ格好をしているのはどうしてだと思います？　そのほうが子孫を残しやすいからなのです。人間も同じです。ルックスのいい人間のほうが伴侶《はんりょ》を得るには好都合なのですよ。いっそのこと、美男美女以外は子供を作ってはならないという法律でも作ってみたらどうでしょうか。十数世代後には地には美男美女のみが徘徊《はいかい》することになるように思いますが」

「何て言いぐさだ。中身は関係ないってのか」

建御が立腹と呆《あき》れの混合した感情を渦巻かせていると、

「建御」

杵築《きづき》の表情は幽霊《ゆうれい》以上に透明だった。

「愛情がなくても女の子を抱くことはできるよ。キミは好きな娘としかしたくないんだろうし、その気持ちも解《わか》るけど、愛なんかいらない場合もあるんだ。邪魔《じゃま》なだけなこともね。相手が望むから――、またはキミが望むから――。それで成立することだってあるんだよ」

「ねえよ！」

とうとう建御《たけみ》は叫び出した。

「そんなもんを俺《おれ》は認めん！　どうしてしなきゃならん、されなきゃならならん⁉　わけが解らん！」

「そうだね」

杵築は淡い表情でうなずいた。

「キミはいつでも理性的だ。というより感情と理性のバランス感覚が正しいんだ。それが普通だよ」

しかし天使はあくまで反論するようだった。

「つまらない人生ですね」

ウチワを翻《ひるがえ》して言う。

「その理性とやらを取り外し、欲望のままに生きれば退屈な人生にも潤《うるお》いが出てくると思うんですけどね」くすくすと笑い、「たとえば、どうしてここに悪魔のようなおかたがいると思うのです？」

「俺が聞きてえよ」

「本人に訊《き》いてみたらいかがですか？」

その会話は悪魔の耳にも届いていたらしい。ちょうどERLの切《き》り離《はな》しに手間取って本体を撃破《げきは》されたばかりだった黒衣は前を向いたままボソリと言った。

「人の願《ねが》いを聞くためだ」

建御は口をへの字にしてから、

「どんな願いだよ」

「何でもだ」

「俺の願いでもいいってんなら言ってやるぞ」

天使が興味《きょうみ》を持ったように身をもたげた。

「あなたの願いとは何です？　どうせ女にモテモテでチンチンの先が乾くヒマもないような毎日を送る、とかいう動物的な望みでしょう」

建御はすでに学習していた。こいつらのシモネタにいちいち反応していたらキリがない。だが、さすがに頭に来る。

「なんだと、この」

荒《すさ》んだ声を遮ったのは、友人だった。

「そんなの疲れるだけだと思うよ」

杵築《きづき》は建御《たけみ》の心の内を見透かしているように、

「やってみれば解《わか》るけど、毎日のようにやってればさすがに飽きるものだよ」

「なんだとぉ……この……」

声を弱める建御だったが、天使が追い打ちをかけるように反論する。

「人それぞれなのですよ。飽きない人だっているのです。あなたは好きなときに生身の美少女とセックスできるからそのような淡泊な感想を述べるのです。童貞の頃《ころ》を思い出してください。たぎる性欲に身を焦がされる時代があなたにもあったでしょう？」

杵築は真剣に考え込んでいるようだ。それがまた建御には忌々《いまいま》しい。

「覚えてないなあ」

その返答も忌々しい。天使がクスリ笑いを漏らし、

「努力して何とかなるような願《ねが》いなら悪魔《あくま》さんを呼ぶまでもないでしょう。だいいち、その程度の熱意《ねつい》では悪魔も天使も降りてきたりしませんよ」

「じゃあ、」と建御。「お前はいったい誰《だれ》のどんな願いを聞くために来たんだよ。しかも俺《おれ》の部屋にだ」

「知りませんよそんなの。本気で悪魔を呼ぼうなどとオツムの歪《ゆが》んだことを考えた人に訊《き》いてください」

建御は黙《だま》り、それと入れ違いに死神が言った。

「たとえばだ。車のCMにやたら顕著《けんちょ》なことであるが、昔流行《はや》った洋楽が高頻度《こうひんど》で使われたりするではないか。早い話、その曲はCMのプロモーターが青春時代に聴《き》いていたものなのだ。要職《ようしょく》についた人間たちが自分の懐古趣味《かいこしゅみ》を仕事に取り入れているというわけである。そうなると同世代の視聴者《しちょうしゃ》にとって車なんかどうでもよい。そのアーティストのベスト盤《ばん》を買いに走る。そういうものではないのか？」

聞き終えてから何秒か死神のセリフを反芻《はんすう》し、ようやく建御は反応した。

「……すまねえが、それのどこが『そういうもの』なのかどうかが全然解らんし、だいたいそれでは何のたとえにもなっていないと思うぜ」

「そうであるか。かもしれない。我《われ》は適当な思いつきを述べただけだからな」

殴りたくなってきた。これが幼女ではなく、デカい鎌《かま》を持ったマント姿の骸骨《がいこつ》なら渾身《こんしん》のバックブローで突っ込んでやるところだが。

建御が苦吟《くぎん》していると、天使がやにわに言い出した。

「話の区切りがついたところで、お預かりしているものがあります」

天使が差し出したものは、送り状のついた薄《うす》っぺらい紙包みだった。

「ちょうどあなたの母君がお出かけの最中だったものですので、私が重い腰を上げて受け取りました。宅配便の人が何やら珍妙な顔をしておりましたが」

「そうだろうな」

その様子《ようす》を思い描いて辛辣《しんらつ》な言葉の一つでも言おうとした建御《たけみ》だったが、送り状の差出人の名前を見た瞬間《しゅんかん》に頭が白く凍り付いた。美しい文字で書いてある、その名前は、
烏衣《うい》カミナ
「なぜだ!?」

無意識《むいしき》に紙包みを放り投げながら、

「あいつが俺《おれ》に送ってくるもんなんかないはずだ！」

未《いま》だかつてそんなことはなかった。カミナと建御の間には、いつでも杵築《きづき》が緩衝剤《かんしょうざい》のようにいてくれて、おかげで直接的な繋《つな》がりなどない。建御が烏衣姉妹と顔見知りなのも杵築が彼女たちと親しいという理由なだけだ。友人の関係者、それが建御が自分で思っている彼女たちだった。

三年前の姉とまったく同じ顔をしているものの、妹のミワならまだいい。彼女は杵築の恋人だ。だが彼女の姉とは二度と接点を持ちたくはなかった。

「なんで、あいつが……」

カミナという名が持つ言霊《ことだま》は、彼に否応《いやおう》なくイメージを喚起させる。現実に目にし、夢にも登場し、まるで忘れることを許さないとでもいうような強烈な印象だ。

血。臓物《ぞうもつ》の臭《にお》い。それには死と苦痛のイメージが常に付きまとう。あと何年すれば忘れるこ

とができるだろう。建御が遠くに引っ越しでもして、烏衣の名を遥《はる》か昔の思い出の一ページとできるまで、どれほどの距離《きょり》と時間がいるのか……。現実の重みに苦心する建御には、想像もできない真実だった。彼はまだ若すぎた。

床に落ちた荷物を杵築が拾い上げた。重みを確《たし》かめるように揺らしつつ、

「開けていいかい？　たぶん僕宛《あて》じゃないかと思うんだ」

許可を待たず、杵築は包みを破いた。出てきたものは大判の封筒だ。見たことがある。杵築の鞄《かばん》の中に同じ封筒が入っていた。

杵築は手首を返して封筒の面《おもて》を見せた。

「やはりそうだ。僕の名前が書いてあるよ」

今度は求めさえせず、杵築は封筒の口を開く。逆さにした封筒の端から、何枚もの紙切れがパラパラとこぼれ落ちた。

誰《だれ》も動かない中、杵築だけが自然にカミナからの送付物をつかんでいた。

新聞の切り抜きが十数枚、Ｂ５程度の紙が一枚、彼の手の内にあって全員への開陳を待ちわびている。

「杵築」

建御は息を整《ととの》えながら、

「何だそれは。俺が見てもよさそうなものか」

「見るぶんには問題ないと思うね」杵築《きづき》は物静かな目を紙切れに注いでいる。「これはカミナからのヒントだよ。きっと昨夜の時点で間に合わなかった情報だ。わざわざ教えてくれるなんて、カミナらしくない親切ぶりだね」

杵築は一瞬《いっしゅん》で数枚の紙を読み込み、

「事件の続報、いや違うかな。事代《ことしろ》くんの件よりももっと前の事件の記事だ」

幽霊《ゆうれい》に呼びかける。

「どうやら、キミと同じ目に遭ったのは、キミだけじゃなかったようだ。少なくとも他《ほか》に十一人、キミ同様に殺された者がいる。カミナはそれを教えてくれようとしたんだよ」

茫然《ぼうぜん》とする事代に、杵築は朗報を伝えるように、

「キミは孤独じゃない。運命を同じくした、仲間がいたんだ」

幽霊の顔が絶望に歪《ゆが》んだ。

彼は犯人を知ったのだ。

＊＊＊

新聞紙の切り抜きは雄弁に物語る。

被害者には何一つ統一性がなかった。年齢《ねんれい》は十四から五十七歳まで、男女の比率は七：三、

学生、無職《むしょく》、会社員、エンジニア、取締役《とりしまりやく》と職種も多岐《たき》に亘《わた》り、切り抜きの半分ほどに掲載されていた顔写真からも共通項を見いだせるものはなく、住所もバラバラだ。強いて言えばほとんどがこの市内に住んでおり、全員が市内で殺されているということだった。

「ミッシングリンクテーマですね」

これは天使の感想だった。つまらなそうに摘《つま》んでいた切り抜きをふっと吹いて飛ばし、

「しかしこれが同一犯だとどうして解《わか》ります？ この記事には被害者たちが夜道で殺された、ということしか書いていないではありませんか。まあ、これだけ近い間に通《とお》り魔《ま》殺人犯が大量発生するとも思いにくいですから、一人の犯人がせっせと仕事をしているという推測はなりたちますが、記事には他の被害者への言及も死体の具合もいっさい書かれておりません」

建御《たけみ》は答える気分ではなかった。幽霊は愕然《がくぜん》とするのに忙殺されている。悪魔はゲームをしている。死神は単に眠そうだ。杵築が答えた。

「簡単《かんたん》だよ。ミッシングリンクなんか初めからないんだ。犯人にとって被害者は誰《だれ》でもよかった。ただの無差別連続殺人だよ」

「どうして解るのです？」

「カミナがこれを送ってきた。それだけでいいんだ。あいつの調《ちょう》査《さ》結果がこれだというなら、それは絶対に正しいんだ」

幽霊の爪先《つまさき》に新聞紙ではない紙が舞《ま》い落ちていた。それだけが白い、B5のコピー用紙だ。

人体図のようなものが描かれている。手書きではなく、描画ソフトで描いたような、左右対称の線画《せんが》による人型《ひとがた》である。目鼻のないマネキンの設計図のようにも見えたが、組み立てのためのものではない。そっけない人型のいたるところに点線が刻まれていた。手首から肘《ひじ》、肩、首……。数える気にもならない。この点線にそって切ったとしたら、元の姿が何だったのかそれこそ組み立てるまで解《わか》ることはないだろう。首をのぞけば。

自分の身体《からだ》の切断箇所を見て、事代《ことしろ》の透明さが増した。青白い顔色は白さを通り越して後ろの壁《かべ》と同色になっていた。

《これが……僕の……》

言ったきり、伏せた顔が動かなくなる。

「ええい、こんなもんいつまでも俺《おれ》の部屋に撒《ま》いておくな！」

建御《たけみ》は急いで散らばった紙切れを集め、杵築《きづき》の手から封筒をひったくってその中に流し込んだ。突き返す。杵築が受け取ったのを見て、

「おい、ちょっと来てくれ」

友人の腕を取って部屋を出る。そのまま玄関からも出て、団地の通路に出たところで止まった。白い蛍光灯が夜の空気と人気《ひとけ》のない六階通路を照らしている。他《ほか》に人影《ひとかげ》はない。

ドアを注意深く閉め、建御は深呼吸をしてから言った。

「犯人はあいつだ、烏衣《うい》姉だ」

「だろうね」

杵築は無表情に同意し、

「いつ解ったんだい?」

「お前から事代の死体の様子《ようす》を聞かされたときだ。あんなことをやりそうなのはあいつ以外にいねえ」

建御は杵築を睨《にら》む。

「お前はどうなんだ。俺に解るもんがお前に解らねえとは思えんな。どうせお前ももう知っていたんだろう」

「そうだよ」

杵築はこともなげに、

「犯人は間違いなくカミナだ。彼女でなければそっちのほうが驚《おどろ》くよ。事代くんももう気づいただろうね。いや、とっくに気づいていたかもしれないけど」

自分に投じられたものと同じ質問を建御は放った。

「いつだ。お前はいつあいつの仕業だと解ったんだ」

「最初から」

杵築の解答は用意されたもののように簡潔《かんけつ》だった。

「カミナは昔からずっと人殺しだ」

鳥同士が天気の話をしているようだった。それほど杵築《きづき》の口調《くちょう》には感情の起伏がない。何とも思っていないのだ。淡々とした声が静かな通路に響《ひび》いている。

「七年前、僕の父親は死んだ。カミナが殺したからだ。カミナの母親も死んだ。カミナが殺したからだ。僕は七年前から知っている。キミも知っていたんだろう？」

「薄々《うすうす》とはな」

建御《たけみ》は溜息《ためいき》を吐《つ》いた。

「あれは、やっぱりそうだったのか……」

「よく今まで僕に訊《き》かなかったものだね」

「答えを聞きたくなかったからな。それに、まあ、例のこともあったし……」

「誘拐事件のことかい？」

「ああ」

建御は暗く不機嫌《ふきげん》な顔でうつむいた。

沈黙《ちんもく》による支配。二人は言葉を発することなく鬱々《うつうつ》と立ちつくす。同じことを脳裏に浮かべているのだろう。幼き日々の幻想的な夜。幻想ですますにはあまりにも血の臭《にお》いの濃《こ》い、悪夢のような一日。あの頃《ころ》の一日は短く感じられた。当時は陽《ひ》が落ちて数時間後が一日の終わりだったからだ。その終わりかけの夜、二人は一人で彷徨《さまよ》うカミナを見た。

「くそ」

建御はひきつれた声で呻《うめ》く。

「しかし十何人も連続して殺してやがったとはな。あいつは何を考えているんだ。何がしたいんだよ、ええ？」

「さすがに僕も知らないな。でも、」

そこまで言って口を閉ざした杵築に、建御は先を促した。

「言えよ。でも、何だ」

「思ったより少ない」と杵築。「僕は被害者がもっと多いんだと思っていた」

「十……二人でも少ないってのか」

「なんとなくそう思うだけだよ。この半年間、カミナは家から出ようとしなかった。半年もあればカミナはどんな準備だってできるさ。さっきの切り抜きで一番古い日付は一ヶ月前だ。雌《し》伏《ふく》の状態から動き出して一ヶ月で十三人——というのは、ちょっと少ないかな。根拠はないんだ。そういう気がするだけなんでね」

「一ヶ月十三人で少ないペースだと？　狂ってるだろ、そんなもん。……ん、事代《ことしろ》を入れて十二人じゃなかったか？」

「そうだったかな？　ここまで来たら一人くらいの誤差なんてどうでもいいような気分になってくるね」

猛然とくってかかりたい。人の命が地球一個分なら、十二と十三では惑星が一つ増えるか増えないかくらいにも違う。だが、建御《たけみ》の精神的容量もすでに目一杯のところまできていた。十二人の死者と十三人の死者。数千人と数万人とどう違う？　どこか遠い世界の出来事のようだった。

再び沈黙《ちんもく》の傘に覆《おお》われようとしたところで、突然、がしゃんと金属音がして建御を飛び上がらせた。

「お二人さん、ひそひそと何を話し込んでおいでです？」

天使が扉から顔を覗《のぞ》かせ、肉感的な身体《からだ》を通路にすべらせるように出してきた。

「私一人で死神さんと対話していても虚《むな》しいものです。聞く者がいませんからね。悪魔《あくま》さんも幽霊《ゆうれい》さんも、自分の世話で精一杯な模様ですし」

後ろ手でドアを閉め、

「私も仲間に入れてください。面白《おもしろ》そうなことをみすみす聞き逃すほど、私は無気力な性格をしておりませんよ」

「なんにも面白くはねえ」

建御はぷいと横を向いた。

「お前を交えて話すことなんか、ぜんぜんない。寝てりゃいいだろうが」

「死神さんが寝させてくれませんよ。私もおちおち眠っている場合ではありません。どうせあなたの母君が帰ってきたら、ご機嫌《きげん》を麗《うるわ》しく保つように旨《うま》くもない料理の手伝いをしなければなりませんから」

バッサリ切り捨てるセリフを述べて、天使は微笑《ほほえ》み、

「ならば、ここで一時《いっとき》の暇つぶしをさせていただいてもよかろうかと思う次第です」

建御が何と言うべきか考えていると、

「僕は辞去させてもらうよ」と杵築《きづき》が言った。「ミワが待ってる。デートを途中で中断させてしまったからね。それこそ機嫌を損なう恐れがある。そろそろ行かないと手がつけられないことになるかも」

杵築は穏《おだ》やかに、

「それに今日《きょう》できることはもうないよ。事代《ことしろ》くんだって解《わか》っているはずだ」

それはそうだろう、と建御も思っている。カミナに殺されたんだったら、もうどうしようもないことだ。あいつが法で裁かれることはない。何人殺そうが、そしてそれが白日の下《もと》に晒《さら》されようが平然と生きていける、それが烏衣《うい》カミナという存在だった。

しかし――、とも建御は思う。幽霊になった無差別殺人事件の被害者に何をもってして慰労《いろう》すればいいのか。事代と同じ部屋に取り残される自分のことも少しは同情されていいものではないか。

「任せるよ」

杵築《きづき》はあっけらかんと言い、すぐにエレベータへと踏み出した。

「僕は急ぐ。明日《あした》にできることがあればそうする。でも今日《きょう》はもう終わりだ」

「お待ちを願《ねが》います」

意外にも、天使が呼び止めた。

「私も同行していいですか？　なに、途中で引き返しますよ。少しばかりお話ししたいことがあるものでね。ま、夕涼み代わりの散歩とお考えください。特に大した意味があるわけではありません」

「僕はいいけど」

探るような目を、杵築は天使ではなく建御《たけみ》に向けた。

、、、、、、、、、、、、
どうしてそんな目で俺を見るんだ。

天使は気づいているのか、そうでない振りをしているか、

「これが私の役割でしょうからね。聞かないとあなたは言いそうにありません。言わないことは誰《だれ》にも伝わりませんから。ぜひ聞かせてもらいたいものです」

面白《おもしろ》がる色を瞳《ひとみ》の表面に浮かべつつ、

「あなたたちと烏衣《うい》カミナさんとやらの関係をね、私は聞きたいのですよ」

＊＊＊

暮れた月夜の下、杵築は天使と肩を並べていた。

夕涼みにふさわしい冷夏の風が吹いている。しゃなりと歩く浴衣《ゆかた》の天使を伴うそぞろ歩きは、杵築にとっても少しは新鮮《しんせん》な感覚だ。

「建御さんがどうしてその少女を忌《い》み嫌うのか」天使が切り出した。「まず誘拐の件からお聞きしましょう」


九歳の冬だ、カミナが誘拐されたのは。

十日ほど行方《ゆくえ》知れずになった後、彼女は自力で戻ってきた。全身を血で染めて。

赤黒く変色したボロ同然の服をまとって立つカミナの姿を鮮明に記憶《きおく》している。

「ただいま」

そう言ってカミナは凍てつくような微笑《ほほえ》みを浮かべた。

彼女は誘拐グループの犯人十三人を全員惨殺して帰ってきた。

「人間って脆《もろ》いのね」

誘拐されていた間、彼らによって自分がどのように扱われたか、彼らから与えられたすべての行為を杵築《きづき》は本人の口から聞かされた。

「打ちっ放しのコンクリート。薄暗《うすぐら》くて湿った部屋に連れ込まれたの。それから薬物を投与されて、昼夜を問わず嬲《なぶ》りものにされたわ。頭が真っ白になるくらい、ぐちぐちゃにね」

その様子《ようす》を、カミナは薄く笑いながら何時間も語った。

「とても痛かったのよ」

そして彼らをどんなふうに殺し、解体したのかまでを克明に。

「あたしとあの人たち、どっちが痛かったかしら？」

そう言って微笑《ほほえ》むカミナに杵築は何も言えなかった。いや、言わなかった。

嘘《うそ》だと知っていたからだ。

いとも簡単《かんたん》に、事件は闇《やみ》に葬り去られた。


「それはそれは。精神が歪《ゆが》んでもしかたがありませんね。彼女の心には言い知れない傷が負わされたことでしょう」

天使は薄笑いを浮かべていた。

「彼女がおかしくなったのはそれからなのですか？」

「いや」

杵築は首を振った。

「カミナは最初からおかしかったよ。事件の前と後で変わったところなんてまったくない。僕が引き合わされた三歳の時には、もうカミナはカミナだった」

天使の笑《え》みが深くなった。どうして杵築が三歳にして同じ三歳児の本質を見抜けたのか、面《おも》白《しろ》がっているらしい。

「誘拐事件の顚末《てんまつ》はカミナの言う通りじゃない。誘拐されたのかどうかもあやしいね。自分で人間を集めて、ゆっくり時間をかけて殺していただけだと思う。実際、彼女には傷一つついていなかった。頭の先から爪先《つまさき》まで、真《ま》っ赤《か》にカミナを濡《ぬ》らしていたのはすべて他人の血だ」

建御《たけみ》はそうは思わなかったみたいだけど。あの時、杵築と一緒《いっしょ》にカミナを捜してくれていた友人は、最初に喜び、次に驚《おどろ》き、最後には怯《おび》えていた。斑《まだら》に染まった端正な少女の顔が、例えようもなく美しく笑っていたからだろう。大量の血液と笑顔《えがお》に共通点があったとしても、一般《いっぱん》常識《じょうしき》の範疇《はんちゅう》にはない。建御は常識的な少年だった。今でも変わらない。

天使の声が思考を妨げる。

「その事件が彼女のトラウマになったのではないと?」

「あいつはトラウマの原因が欲しかっただけだ」

杵築は歩きながら答える。

「どれだけ異常な殺人を犯しても、幼少期のトラウマが尾を引いているんだからしょうがない——。そう思わせるために、あいつは誘拐というシナリオを作った。将来自分がおこなう犯罪の動機《どうき》作《づく》りをカミナは計画したのさ」

「未来を見据えた良い計画ですね」

「確《たし》かに。建御《たけみ》はすっかり騙《だま》されているからね」

天使は口元を緩《ゆる》め、感心したとでも言いたげに、

「被害者は何をしても許されるでしょう。少なくともその事実を知るものは彼女に何も言えなくなりますね。いかにもワイドショー受けしそうな手っ取り早い〈心の闇《やみ》〉というやつです。的確《てつかく》な未来予測と言えます。さすがは人間、人間にしか思いつかないような悪魔的《あくまてき》なことをやってのけますね」

「本物の悪魔はしないのかい？」

「悪魔はもっと功利的な存在ですよ。少なくとも彼らの主張によればね。私からすると、彼らの行動は人間界に対するボランティアとしか思えませんが、主張がかみ合わないのは存在基盤《きばん》の違うもの同士ではよくあることです」

まとわりつく羽虫をゆるやかにウチワで追い、

「次の話をどうぞ。一日に二回の葬式というエピソードを」

「僕の父とカミナの母が死んだのはその一ヶ月後だ。幼少期のトラウマを理由にするには、少し早すぎたかな」

「それもカミナさんの手によるものですか」

「うん。対外的には不倫の果ての心中ってことになってるけど」

血の海だったという。

姉妹の母親の部屋で、その二人は事切れていた。一人は隣家《りんか》の主人で杵築《きづき》の父、一人は部屋の主であるカミナたちの母だった。

どうして杵築の父がそこにいたのかは解《わか》らない。門番には「お呼びがかかった」とだけ告げたことが記録《きろく》されている。ともかく彼の父は姉妹の母の部屋に赴《おもむ》き、胸を貫かれて死んだ。その傍《かたわ》らで姉妹の母は手首を切って死んでいた。二つの死体の体内から多量の睡眠薬が検出されている。

密室と言えた。窓も扉も内側から施錠《せじょう》され、第三者が出入りした記録はなかった。状況は姉妹の母が杵築の父を刺殺し、自らの命を絶ったと思われるものだった。

「違うんですか?」と天使が首を傾《かし》げた。

「違うよ」杵築は首も振らなかった。「その部屋にいたのは二人だけじゃないんだ。カミナとミワがいた」

九歳と六歳の姉妹は殺人現場にいた。

いつまでも音沙汰《おとさた》のない家人が業を煮やして扉を破ったとき、幼い姉妹は衣服を血まみれにしてそこにいた。妹のミワは部屋の隅で忘我の表情でうなだれて立っていたが、姉は奇妙な行動を取っていた。

彼女は二つの遺体から流れ出した血液で、絨毯《じゅうたん》に絵を描《か》いていたのだ。すでに完成した絵の上で、カミナは満足そうに微笑《ほほえ》んでいたと聞いた。

一通りの事情聴取《ちょうしゅ》がおこなわれた。ミワは何も覚えていないと証言し、カミナはもっともらしい状況を尋問者に教えた。母が杵築《きづき》の父を殺し、自殺した。

「誰《だれ》もが納得したよ。表面的にだけど。なんたって密室だし、部屋には小さな少女二人と死んだ二人しかいなかったんだしね。第三者が出入りした形跡もなかった。何より目撃者《もくげきしゃ》がそう語っているんだ」

「でも、事実は違うと」

「カミナが嘘《うそ》を吐《つ》いていたんだとしたら、全部すっきりする」

「どうして嘘を吐く必要があったのでしょうか?」

「犯人だからだよ」

一陣の風が杵築の前髪を揺らす。

「僕は本人から聞いた」

杵築の父を招いたのはカミナだった。母が呼んでいると偽りを告げたのだ。彼女の母は不意に訪れた父を見て驚《おどろ》いただろうが、カミナが事実を告げると単に微笑んで急な客をもてなしにかかった。ミワは何も知らされず、ただ姉とその部屋で遊んでいた。饗《きょう》せられることになった紅茶には、事前にカミナの手によって睡眠剤と弛緩剤《しかんざい》が放り込まれていたそうだ。ほどなく二人の大人《おとな》は崩れ落ちる。カミナはソファの下に忍ばせていた柳刃《やなぎば》包丁《ぼうちょう》を取り出した。

「うつぶせで寝ている小父《おじ》さんを仰向《あおむ》かせるのには苦労したわ」

葬式の後、カミナは杵築に言った。

「ミワの手を借りてもずいぶん時間がかかった」

妹の手を借りたのはそこだけではない。カミナは彼の父親の胸に包丁の先端を定めると、ミワに柄《つか》を持たせて固定させた。そして自分は部屋にあった大理石の花瓶《かびん》を取り上げ、中身をぶちまけてから戻ってくる。九歳の少女が持ち運ぶにしては適さない重量を持っていたが、彼女に必要なのはその重みだったのだ。

花瓶を何とか頭上に掲げることに成功したカミナは、思い切り振り下ろした。目標はミワが支えている柄の尻《しり》だ。杵築の父の命はそれによって失われた。

用済みになった花瓶を放り出したカミナは次の行動に移る。三度目、妹の手を借りて、刃物を死体の身体《からだ》から引き抜いた。噴水《ふんすい》のようだった、とカミナはその情景を語った。

噴《ふ》き出した赤い液体は姉妹の身体《からだ》を存分に濡《ぬ》らした。その時のミワは人形のように無表情だったらしい。自分が何をしているのかとうに解《わか》らなくなっていたと思われる。

もう妹の助けはいらない。カミナは血脂《ちあぶら》で滑りがちの包丁を何度も握り直し、今度は母親の手首を切った。これで包丁にも用がない。後は二人の血で床一面に絵を描《か》くだけ——。

「少しは推理する余地を残しておいてくださいよ」

微苦笑して天使は注文をつけた。

「真相を言う前にはですね、もったいをつけるべきです。だいたい先に真相を言ってどうするんですか。密室殺人なんて滅多《めった》に関《かか》わることはできないのですよ」

「知らなかった」

「ちなみに、その絵ですが」

天使は愉快そうだ。

「あなたは御覧《ごらん》になりましたか？　どのような絵だったのでしょう」

「直接は見てない。でも元になった図面なら見たよ」

杵築《きづき》は当時を思い出す。

カミナが持っていたのは古ぼけた羊皮紙のようなものだった。奇怪な模様が描かれている。

「これは何?」と尋《たず》ねた杵築に、カミナは「解らない。でも綺麗《きれい》でしょう」とだけ言って微笑《ほほえ》み、彼の目の前で火をつけた。炎の内に消えるその模様を、彼はもう覚えていない。だが印象だけは残っていた。


「まるで悪魔《あくま》を呼び出すための魔法陣《まほうじん》みたいだ、と思ったよ」

「きっと、そうだったんでしょうねぇ」

その羊皮紙がどこから来たものか、カミナも知らないと言った。「郵便受けの中にあったの。

きっとわたし宛《あて》なんだと思う」、と。

天使は質問を再開した。

「彼女は悪魔を呼ぶために二人を殺害したのですか?」

「そうは聞かなかったな」

記憶《きおく》の浅い部分にその言葉はあった。

「あなたと兄妹になるために」
告白の締《し》めくくりにカミナが言ったことは忘れようもない。
「わたしのお父さんと小母《おば》さんが結婚すれば、わたしとあなたは家族になる。そう思った。で
もうまくいかないものね。大人《おとな》にはいろんな事情があるみたい」

カミナはふわりと目を閉じた。

「あさはかだったわ」

後悔の言葉ではない。それは感想にすぎなかった。


「それで、あなたは」

天使は立ち止まった。烏衣家《ういけ》が目の前に迫っている。

「それでもなお、彼女たちと交友を続けているのですか。恨もうとはしなかったのでしょうか」

「僕は誰《だれ》も恨んじゃいないよ」

杵築《きづき》も足を止める。通用門がゆっくりと開いていく。

「もう終わったことだ」

「いいえ」

天使の声は不自然なまでに力強かった。

「まだ終わってはいません。真の終わりはこれから来るのです」

杵築は答えず、通用門へと歩き出した。天使の気配《けはい》が遠ざかる。彼女は建御《たけみ》の部屋に戻るのだ。彼女たちとともにこの門をくぐるには、まだ時間があるはずだった。

＊＊＊

中庭には杵築を待っていた者がいた。

「どう？」と烏衣家の長女は訊《き》いた。「渡した資料、役に立ちました？」

「とても」

杵築は目の前にいる少女に、

「警察《けいさつ》は何もしていないんだろう？」

「ええ。そうです」

当然のことだった。

「犯人を知ってるけど、彼らは何もしないんだね」

「ええ。もちろん」

少女の髪が揺れた。風はない。

「事代《ことしろ》くんや他《ほか》の人たちを殺したのは、お前だろう？」

「どうして解《わか》ったの？」

微笑《ほほえ》みが花咲く。驚《おどろ》いている様子《ようす》はなかった。二人とも最初から知っていたことだ。

「どうしてかって？」

だから杵築《きづき》がこう言ったのは、ただの定型句にすぎない。挨拶《あいさつ》以下の言葉だった。

「そんなことをしそうなのは、お前だけだからだよ」

＊＊＊

「遅かったじゃねえか」

戻ってきた天使に建御《たけみ》が渋い声をかけた。ゲーム機《き》のコントローラーに手を添えているのは悪魔《あくま》と対戦中だからである。ただし悪魔は自分の機体の習熟《しゅうじゅく》を目的にしているので、建御は左トリガー攻撃《こうげき》と逃げ回ることしか許されていない。当然、面白《おもしろ》くもない。

「杵築からどこまで聞いた？」

「だいたい全部でしょうか」

天使は出かけ時と不変の体勢でいる幽霊《ゆうれい》の茫洋《ぼうよう》たる姿と、すでに自分の愛用となったベッドで姿勢良く眠っている死神を見つめ、

「もしくは、彼自身でも全部だと思っている情報あたりですね。でもまあ、愉快な話が聞けたことは確《たし》かですよ。これからもう少しだけ面白くなるかもしれません」

どういうこった、と建御が訊《き》く前に玄関が騒《さわ》がしくなった。母親が帰ってきたのである。

＊＊＊

今日《きょう》もミワの中はひんやりしていた。その冷たさが彼の高ぶりを奪い去る。達するまでに時間がかかるのもそのせいだ。ミワとの行為は彼から熱《ねつ》を奪取するものでしかない。

いったい何時間そうしていたのか感覚が失《う》せている。快楽のためのものではなかった。そうしないと終わらないと思っているから、彼はそのために自らを奮い立たせていたにすぎない。

逃れるように身体《からだ》を引くと、ミワは嗚咽《おえつ》のような声を漏らした。

ごろんと横になって、ミワの髪を義務的に撫《な》でる。心情としては一刻も早くこの場を立ち去りたかった。かなわない欲望だ。

烏衣家《ういけ》の次女は喘《あえ》ぎの続きのような息を吐きつ吸いつつしていたが、しばらくしてゆるゆると目を開き始めた。仰《あおむ》向けだった裸身を横にして杵築の胸に手を這《は》わせ、彼の肩に顎《あご》を乗せた。吐息が胸に当たる。

「どうでした？」

まだ少し荒い息には、杵築の心を見透かすような挑発の成分が含まれていた。

「よかったですか」

杵築はミワの瞳《ひとみ》から視線《しせん》を天井《てんじょう》に飛ばして、

「いつも通りだよ」

「そうですか。終わるまでずいぶん時間がかかったから、なんだか最後のほう、疲れているみたいに感じました。わたしは長く楽しめていいのですけど」

「よかったよ」

「わたしも、とっても」

ミワは指を絡ませてきた。しかし、そうやって気だるそうにしていたのもわずかな一時だった。

「まだできそう?」

杵築《きづき》はやはり天井《てんじょう》を見つめたまま、数秒ほど考えて、

「多分《たぶん》ね」

「本当に?」

杵築が黙《だま》っていると、ミワは蠱惑的《こわくてき》に微笑《ほほえ》んでから頭を移動させた。杵築は彼女の髪を撫《な》で、天井を見つめ続けた。

ミワを愛しているのは誰《だれ》だろう。彼は愛せよと命じたカミナの言葉に従っているだけだ。だからこうしている。それはミワも同じであるはずだ。

彼女は刷り込まれた宿命に従い、杵築との間にできる新たな生命を求めている。いずれ実現するだろう。彼女が宿すことになるのは杵築と彼女の遺伝子的結晶だ。ミワは彼の子を孕《はら》み、

産み落とすことになる。正常な結合の果ての末路だ。目的を持った行為には相応の結末が用意されている。

――しかし――。

カミナは絶望の種子を孕んでいた。誰の手も触れないうちに、杵築の指が一つでも触れる前に、彼女の胎内には宿された意識《いしき》があったのだ。

かつてミワに聞かされた話を思い出す。

ミワは幼い日々の様子《ようす》をよく覚えていた。カミナの遊び相手はミワか杵築のどちらかでしかなく、杵築とともにいる時にはそこにミワもいたから、ミワは彼の知らない姉の振《ふ》る舞《ま》いを知っていることになる。

ある日、カミナは家中の鏡《かがみ》を割って回った。手の届くところにある鏡は何かで叩《たた》いて壊《こわ》し、手の届かないところにある鏡は何かを投げつけて砕いた。衣装部屋の姿見から玩具《おもちゃ》のような手鏡まで、破壊《はかい》の嵐を免れたものは烏衣《うい》家《け》に一つとしてなくなった。

三歳当時のミワは、突然の姉の行動にとまどいつつ、ただ後をついて歩いた。

カミナは家にある限りの鏡を叩き壊すと、今度は鏡の代用品となりそうな物へと破壊衝動《しょうどう》を向けた。ガラスというガラスが粉々になり、銀の食器は残らず火にくべられた。庭の池には大量の絵の具が投じられて錦鯉《にしきごい》の多くがそれで死んだ。

どうしてそんなことをするのか、と訊《き》いたミワに、

「逆の世界を映すから」

姉は散らばったグラスの破片を見下ろしながら答えた。

「鏡《かがみ》は反対の物をわたしに見せる。鏡の中にいるわたしはわたしと正反対なの。そのわたしをわたしは許せない」

なぜ許せないのか、とミワは尋《たず》ねた。

「わたしが感じている絶望を鏡の向こうのわたしは感じていない」

カミナは言った。

「鏡が反対の物を映すなら、鏡の向こうのわたしはわたしと正反対の心を持っているはずでしょう。わたしが絶望すればするほど、鏡に映るわたしは幸せになっている。そんなわたしを、わたしは認めることができないの」

わたしは間違った側に生まれてしまったのだ、とカミナは説き伏せるように言ったという。ここと反対側に正しい世界があって、そこではわたしは普通に暮らせるのだ。鏡の向こうがその正しい世界なのだと思った。鏡に映る私がいやな顔をしているのなら、向こう側のわたしは楽しそうな顔なのだろう。だから割った。

ミワにはよく解《わか》らなかった。ミワが片手を上げれば、鏡の中のミワは映った側と同じ位置にある手を上げる。右側の手を動かせば、鏡に映るミワも自分から見て右側の手を動かす。彼女

が笑えばそのミワも笑う。それのどこが反対なのか。

妹がつっかえながら言う疑問に耳を澄《す》ましていたカミナは、

「そうね」

冷然と微笑《ほほえ》み、

「あなたには解らないでしょう」

強く妹を抱きしめて言った。

「今はまだ。でも、そのうち解るようにしてあげる」

鏡は翌日にはすべて元の姿を取り戻した。しかしカミナは二度と鏡にも銀製品にも拳《こぶし》を振り上げることはなかった。逆の世界などもうどうでもいいというかのように、普段《ふだん》のままの生活を再び演じるようになった。

以来、カミナが鏡の中の自分を憎んでいる様子《ようす》を見たことがない。でも姉の中にある絶望は消えることなくそこにあって、今でも姉を苛《さいな》んでいるのだ、と彼女は言った。

彼女の姉が産むものがあるとしたら、その落とし子は全人類に災いをもたらすものに違いない。

＊＊＊

ミワが寝入るのを待って、杵築《きづき》はベッドから這《は》い出した。
部屋を出る。後ろ手に扉を閉めながら、廊下の奥に首を向けた。予想通りの光景がそこに広がっていた。

「ねえ」

通路にもたれかかるようにして、決して日の目を見ることのない制服姿が風景画の一部のように佇《たたず》んでいる。

「あなた」

彼女は杵築の前に立ち、蔦《つた》のような両手を伸ばしてきた。暖かい指が彼の首に触れる。十センチと離《はな》れていないところに白すぎる顔があった。吸血鬼でもこんなに白くはない。

「自分は不幸だって考えたことある？」

杵築は思い当たるものがないかと記憶《きおく》の沼底をかき回した。浮かぶものはなかった。

「いや、ないよ」

「今、幸せ？」

「解《わか》らないな」

「そうね。まだ幸せではないでしょう」

でも、と彼女は言葉を継いだ。

「あなたは幸福になれる。わたしが保証します」

カミナは杵築から離れ、誘う顔をして手をさしのべた。

「こっちへ来て。わたしたちの秘密基地に。久しぶりでしょう」


通路の奥にエレベータがある。カミナ個人のものだ。彼女以外、誰《だれ》であろうとこれを使うことは禁じられている。禁じられなくとも乗りはしないだろう。これは地下の奥底にのみ通じていて、そこはカミナの公然たる秘密の地下室になっていた。

杵築が出入りを始めた三歳当時にはなかったはずだ。六歳程度から記憶にエレベータと地下室が登場する。最初の記憶から最新の記憶まで、その場所には常に忌《い》まわしい思い出のみが詰め込まれていた。

ここは何？——そう訊《き》いたのはいつのことだったか。

実験室《じっけんしつ》よ。わたしが作ったの。——そう聞いたのは十年ほど前だったろうか。

そこは実験室というよりは拷問部屋《ごうもんべや》のように見えた。薄暗《うすぐら》い石室の中でもひときわ目を引くのは、天井《てんじょう》から吊《つ》り下がった鉄枷《てつかせ》のついた二条の鎖《くさり》と血で汚れた手術台だ。

杵築《きづき》はミワの背中に幾筋もついていた裂き傷の跡を思い出す。治療《ちりょう》を待つことなく次々とつけられた裂傷は、何年も前のものからごく最近の治癒跡《ちゆあと》まで無数にあって重なり合い、とても数え切れなかった。

カミナがなぜそんなことをするのか解《わか》らなかったし、今でも解らない。単なる暇つぶしなのだと思う。ただ彼の目に焼き付いている光景は、姉が妹を鎖《くさり》に繋《つな》いで吊《つる》し、黙々《もくもく》と鞭《むち》を振るう姿だった。いつでもカミナは表情を変えず、それどころかつまらなそうな顔で、泣き叫ぶ妹の裸身を鞭打っていた。

ミワは、散々な苦痛を受けて失神しながら、翌日には何事もなかったかのように笑顔《えがお》を取り戻して行為者である姉や沈黙《ちんもく》の目撃者《もくげきしゃ》たる彼に普通に接していた。姉も姉なら妹も妹だ。逆かもしれない。どちらにせよ、彼の目から見ても何もかもがおかしい姉妹であるのは確《たし》かだった。

一度だけ訊《き》いたことがある。「なぜ妹を虐《しいた》げるのか」と。

「あなたには到底理解できない重要なメタファーがこの行為には隠されているの」

答えながら、カミナはつまらなそうに妹を打擲《ちょうちゃく》し続けた。その都度《つど》に木霊《こだま》する肉を叩《たた》く鈍《にぶ》い音とミワの悲鳴。

「ミワならいいの。この程度のこと、彼女には大した苦痛じゃないはずだから。もっと激《はげ》しい苦痛でも、この子は舌を噛《か》むことなく耐えたわ」

この石室に残存する思い出はそれくらいしかない。

杵築は石の床に模様をつけている赤黒い血痕《けっこん》から目を離《はな》し、カミナの後を追った。

アルコールランプのぼやけた光だけが照明器具だった。

「この世で最も不幸せな人間は誰《だれ》だと思いますか」

カミナは古くさい木製の椅子《いす》に座っていた。彼女のお気に入りのダッキングチェアだ。ここに座って、彼女は妹の絶叫をＦＭ放送の音楽番組のように聴《き》いていた。

杵築が質問の意味を模索していると、答えを待たずに彼女は自答した。

「それは絶対的な絶望を感じ続けている人間です。地上で唯一、その人間だけが絶望の意味を知っている」

「どうやったらその一人を特定できるんだ？」

「あなたなら、どのように見つけ出しますか？」

「トーナメント戦でも開催するかな」

杵築は即座に解答をひねり出した。

「参加するのは生きているすべての人間だ。一人一人の話を聞いて、より不幸なほうを勝ち上がらせる。それを延々と続けていけば、最後の一人が残るはずだよ。その彼か彼女に、この世で最も不幸な人間という栄誉を進呈すればいい」

「それは相対的な不幸です」

カミナも即座に言った。

「どんなに不幸な人間でも、別の不幸な人間から見ると自分よりマシに見える場合があります。砂漠で枯死《こし》しようとしている人間と、湖で溺死《できし》しようとしている人間のどちらが不幸でしょう。愛情をもって育てていた子供に殺される親と、愛情の欠片《かけら》もない親に殺される子供と、不幸の高低をどこで判定するの？　同じ立場に置かれても、人の主観《しゅかん》によって幸不幸のレベルはふらつきます。空腹と満腹の者では同じパン一片でも、おのずと違う感想を得るでしょう」

制服のスカートが衣擦《きぬず》れの音を立てた。カミナが立ち上がっている。

「相対的な不幸は不幸ではありません。幸福もそうです。主観が決定する幸福は幸福と呼べません。ましてや絶対的な絶望を計る指針にはなりえない」

烏《う》衣《い》姉妹の姉は書棚に相対していた。雑多に散らばる書籍《しょせき》の中から、一冊の本を取り出して戻ってきた。

「これを見て」

カミナが手にしているのは、薄汚《うすよご》れた四六版《しろくばん》ほどの書物だった。杵築《きづき》が促されるままに手に取ると、思ったほどの重みはない。さっと捲《めく》ってみる。ページの一枚一枚が厚い。総ページ数もさほどではなかった。

表紙も中身も明らかに木を原材料とした紙ではない。本を綴《と》じているのも本を構成するものと同種の革紐《かわひも》だ。羊皮か、獣《けもの》の皮をなめしたような素材でできているらしい。見たことのある素材のような気が、かなりした。適当なところで開いた本を固定する。

書いてある文字が異様だった。

「ふうん？」

まず読めない。杵築の知る限りどこの国の文字でもない。それどころか文字なのかどうかも疑わしい。極小の角張った渦巻き模様のようなものがビッシリとページを埋め尽くしていた。濃緑色《のうりよくしよく》のインクで書かれている。一ページにつき千文字あたりだろうか。

「何だい、これは？」

いつかと同じことを訊《き》いた。

「138種類の文字、15個の母音。12通りの関係代名詞、名詞の語尾変化は判明しただけで38パターン。半分ほどが冗字《じようじ》だったから、見かけほどの文章量ではないわ」

「何語なんだ？」

「何語でもない。世界のどこにもない独自の言語です。解読するのに半年近くかかった。全文の翻訳《ほんやく》を終えたのは一ヶ月と少し前のこと」

杵築はカミナを見返した。

「この半年、家から出なかったのはそれをしていたからか」

「ええ。稚拙《ちせつ》だけど、面白《おもしろ》い作業でした」

「こんなもの、どこで手に入れた？」

「家の郵便受けの中に入っていました。誰《だれ》が入れたのかは知りません」

悠然と微笑《ほほえ》み、カミナは杵築《きづき》から奇怪な書を取り戻した。

「興味深《きょうみぶか》いことが書かれていました」

「何だったのかな？」

「悪魔《あくま》の呼び出し方」

カミナの手の内にある鞣《なめ》し革がぬめったように見えた。

「なるほど」と杵築は言った。

そういうことだったか。またなのだ。

「ええ」

カミナは小首を傾《かし》げ、朱色《しゅいろ》の唇を開いた。

「そろそろ連れてきてください」

解《わか》ってはいた。だが訊《き》くべきだろう。彼女がそう望んでいる。

「何をだい？」

「悪魔を」

カミナは模範《もはん》解答を褒《ほ》めるような声で、

「あなたはもう出会っているはずよ」

杵築を見つめる瞳《ひとみ》に清澄《せいちょう》な光が輝《かがや》いていた。すべてを見抜いている目の色だった。隠しようもない。問いかけられたほうに隠すつもりがないのだ。

「明日《あした》でいいかな?」

杵築は答えた。

「今日《きょう》はもう遅いよ。建御《たけみ》の機嫌《きげん》が悪くなる」

もう充分に悪化しているだろうが、彼は友人の性格を思う。

「ええ」

カミナは鷹揚《おうよう》に、

「かまわないわ。今まで待っていたのだし、一日程度なら遅延にはほど遠い」

そう言って、笑《え》みを華《はな》やかなものにした。

「年月を気にする必要はなくなるのだもの」

＊＊＊

深夜。二種類の囁《ささや》き声がする。

「あなたも人が悪い」

「我《われ》は人ではない」

「なお悪いですね」

「余計なお世話である。我《われ》よりタチの悪い奴《やつ》に言われたくはない」

「どうして教えてあげないのです？」

「何をであろう」

「気づいているかどうかの問題だということをです。気づきさえすればそんなものは問題にもなりません。気づいていない人間だけが右往左往《うおうさおう》する運命にある。大多数の人間がそうなのですけどね。私としては全人類にさっさと教えて回りたい気分ですよ」

「そうすればよかろう」

「いやです。私はそこまで自己犠牲《ぎせい》精神にあふれていません。自分が死ぬくらいなら他《ほか》の連中を一億匹殺してでも生き残りますよ」

「もっともだ。我でもそうするだろう」

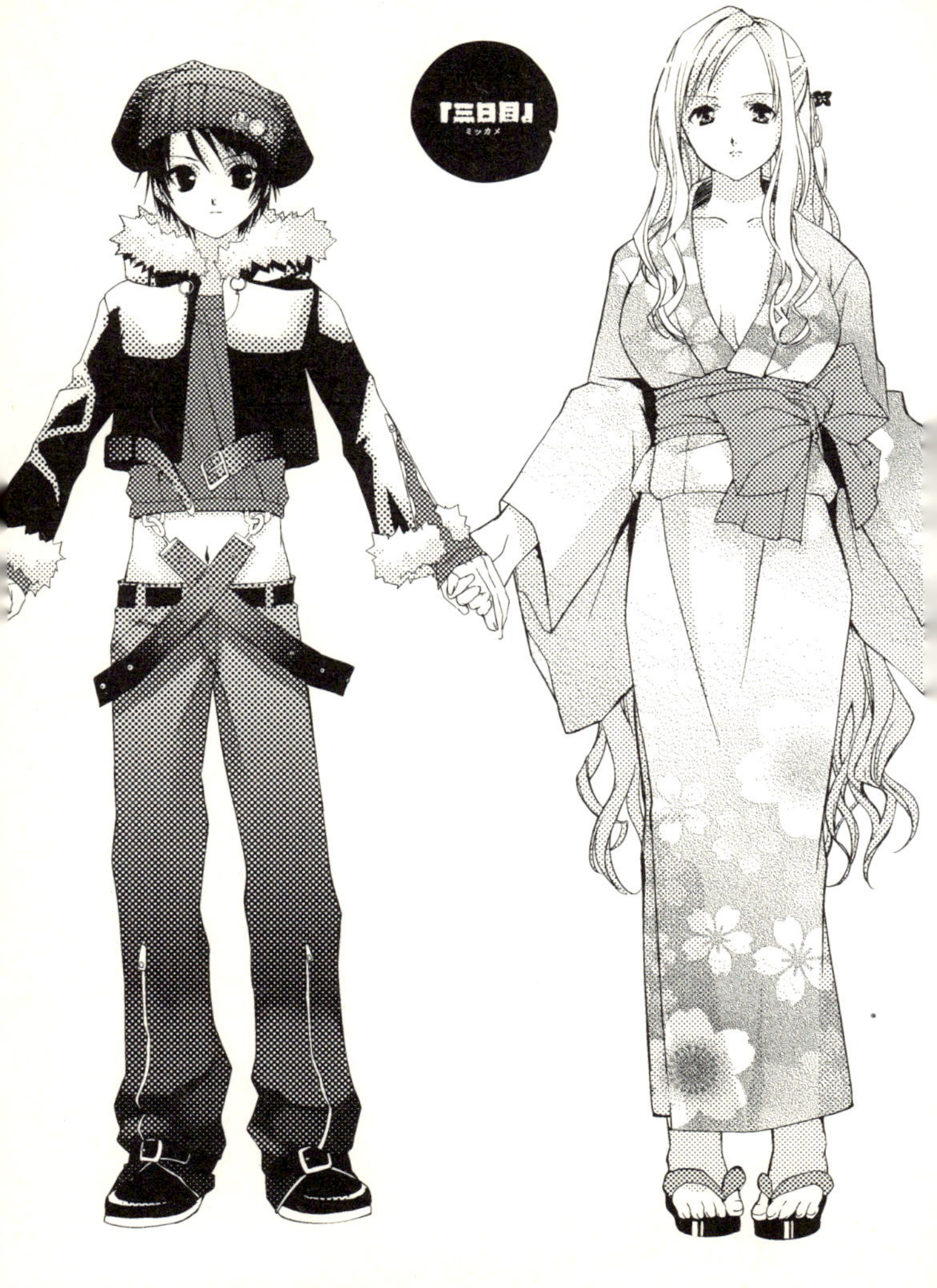

「三日目」
ミッカメ

そろそろか。

公園の時計盤《とけいばん》を眺めていた杵築《きづき》は、腰を落としていた芝生《しばふ》から立ち上がる。

ミワとの逢瀬《おうせ》はこの日も中断されることになったが、昨日《きのう》一昨日《おととい》よりは少しマシだったろう。夕暮れ時までは保《も》ったのだから。

「三日連続ですね」

頭に乗せた帽子の位置を直しながら、ミワは穏和《おんわ》に言った。

「わたしよりも重要な事柄がそんなにあるの？」

「今日《きょう》で最後だよ、たぶん」

杵築は言って、ミワの額《ひたい》に鼻面《はなづら》を押し当てた。

「夜にはちゃんと行く。ちょっと遅れるかもしれないけど、必ず行くよ。今日で全部終わるんだ。明日《あした》からはいつも通り」

「信じます」

甘い声が杵築の唇をくすぐった。

「待っているわ。うふ？　出迎えたほうがいいでしょうか。特別な日になるのでしょう？　わたしにも、あなたにも」

そして、

「わたしの可愛《かわい》い姉にとっても」

伝令にふさわしいのは口頭での情報伝達だろう。

杵築は落日に向かう太陽に背を向け、ゆったりした足取りで友人の家へと歩いた。特に思うところはなかったが、これで最後と解《わか》っている行為をするには相応の感慨を持つべきだろう。杵築はそのように試み、果たされないまま目的地に到着した。

＊＊＊

「迎えに来たよ」

扉を開けてくれた友人に告げる。

「何のお迎えだ？」

建御《たけみ》は怪訝《けげん》そうに言いながら、杵築を招き入れた。他《ほか》に家族の姿はない。母親は今度も買い物に行っているらしかった。彼の自室からはすっかり耳に慣《な》れたゲームの騒音《そうおん》が響《ひび》いている。

昨日も見た顔が昨日のスタイルで杵築を待っていた。

浴衣《ゆかた》の天使はベッドで寝そべり気だるげに手を振って挨拶《あいさつ》をした。悪魔《あくま》はテレビに向かい、死神は昨日新調《しんちょう》したばかりの洋服をきちんと着て行儀《ぎょうぎ》悪《わる》く座り込んで、幽霊《ゆうれい》は隅のほうで背を丸めている。

「どした？　座れよ」

部屋の間口で立っている杵築《きづき》に、建御《たけみ》が熱《ねつ》のこもらない声をかけた。

「それで何か新たな発見でもあったか。どうだ、この事件。解決しそうか？」

建御の頭を占めているのは三つの迷惑と一つの同情だろう。やりきれなさが声と顔に表れている。死神を追い払うには事代《ことしろ》が現世《げんせ》への未練を断ち切らねばならず、だがどうやったら幽霊《ゆうれい》が諦念《ていねん》に至るのかは不明で、天使と悪魔《あくま》は理由もなくここに居座っている——と彼は感じているに違いない。

終わらせよう。

彼が何か言う前に、悪魔はツインスティックから手を離《はな》した。バルケロスがタングラムステージでくるくる回っている。敵のエネルギーゲージは一ミリも残っていない。しかし悪魔はすでに立ち上がっていた。プレイヤー機《き》がレーザーの直撃《ちょくげき》に遭った。コンティニュー画面に変わる。

「おい」建御が唖然《あぜん》と見上げている。「せっかくあと一発でクリアできたのに、何でやめたんだ？」

「迎えが来た」

口元をほとんど動かさず、悪魔は冷たく答えた。

「もうここに用はない」

「ってお前……」戸惑う建御は、「馬鹿《ばか》みたいにコンティニューしてやっと……ってとこまで来たんじゃねえか。俺《おれ》にスティック買わせてまでよ。もう用がないとはどういうこった？」

冷気のような視線《しせん》が建御を見下ろした。何の感情もない虚《うつ》ろな瞳《ひとみ》だった。

「俺は俺を呼ぶ者のところへ行く。そのために来たんだ」

「何だと、杵築、お前がまさか……」

建御は杵築に目を飛ばし、その顔にある表情で疑問を氷解させた。

「そうか……。くそ、やっぱりかよ。あいつか、あいつなんだな？　こいつらを呼び寄せたのは、あの大馬鹿女なんだな！」

解《わか》っていたんじゃないのか？　建御、キミにもとっくに知れたことじゃなかったのかい？

杵築は黙《だま》ったまま、悪魔に向かって顎《あご》を引いた。黒衣の少年はゲームオーバーを告げるテレビ画面に目もくれず、玄関口へと歩いた。杵築とすれ違いざま、

「案内しろ」

そう要請《ようせい》した悪魔に再度のうなずきを返し、杵築は部屋に視線を戻す。

天使も立ち上がっていた。

「私もお供しますよ。ここにいてもいいのですが、まあ一応ね。奇矯《ききょう》なあなたのお友達の顔を拝見してみたいものですから。死神さん、あなたはどうします？」

「言うまでもなかろう。我《われ》も行く」

正座を崩した死神は、よろけながら立って、

「その幽霊《ゆうれい》。そなたもだ。同行を命ずる」
《え……？》
事代《ことしろ》がひたすらに暗い顔を上げた。
《どうして……》
「よい。さっさとするがよかろう。我《われ》が強制執行の鎌《かま》を振り上げたくなる前にせよ。これで現《げん》世《せ》に別れを告げたいというのなら拒否すればよい」
《待ってよ……》
慌てたように、半透明姿がふらりと部屋に浮かび上がった。
《でも、この姿で外に出たりしたら……》
「気にせずともよい。そなたの姿は誰《だれ》にも見えない。幽霊とはそういうものだ」
「それこそ待てよ」と建御《たけみ》が声を上げた。「俺《おれ》には見えるぜ。杵築《きづき》にもだ。どういう理屈でそうなってんだよ？」
「言うまでもなかろう」死神は告げた。「我がそなたらに見させている。でなければそなたらは我をただの小さい美少女だと思うだけであったろう」
「何だと？」
「もういいかな？」と杵築は言った。「僕は悪魔《あくま》を連れて行かないといけない。だから僕はもう行くけど、話が尽きないようならキミたちはここに残っていればいい」

「冗談《じょうだん》じゃねえぜ」

建御は怒ったように床を蹴《け》って立ち上がった。

「あいつには言いたいことがある。事代、お前にも言わせてやる。取《と》り憑《つ》くなり呪《のろ》うなりしてやれ。俺は……」

言葉をよどませた建御の様子《ようす》に、杵築はこんなことを思った。

キミならカミナをどうする？　殴ったりできないだろうね。キミはそれが殺人犯であろうと女の子に手を挙げるようなことはしない。無駄《むだ》だと知りながら自首でも薦《すす》めるのかな。本当に無駄だ。自殺のほうがまだ乗ってくるだろうね。どうするんだい、建御。

「じゃあ、行こう。みんなで」

杵築は結局部屋に入らず、入ってきたばかりの玄関ドアへ身体《からだ》を向かわせた。

悪魔が通路で待っていた。

＊＊＊

烏色《からすいろ》に染まった空が夜であることを主張していた。

死神の言葉通り、たまに道を同じくした他《ほか》の通行人には幽霊が見えていないようだった。彼らは浴衣《ゆかた》を着た金髪美女と、暑苦しい格好《かっこう》の悪魔少年、よそ行き衣装をした幼女姿の死神と、二人の高校生という取り合わせに変な顔をして、すぐに無関心を取り戻して通り過ぎていく。青白く不幸な顔をした幽霊《ゆうれい》が視線《しせん》を浴びることはなかった。

先頭を行く杵築《きづき》は空を見上げて歩いていた。月が出ている。月に見下ろされているのではない。彼が月を見下ろしているのだ。

天使と死神が手を繋《つな》いで杵築と悪魔《あくま》の後を追っていた。言葉を交わし合っているのは彼女たちだけだった。もっぱら死神のまとう衣服についての話題だ。どうせなら〝ぶらじゃあ〟というものもつけてみたかったと死神が言い、まだ早いでしょう、と天使が返答している。男の形をした他《ほか》の四名は無言の道中だった。

杵築は彼らに話す言葉を持たない。悪魔は虚無的に沈黙《ちんもく》を守っている。建御《たけみ》は何かを考えているようだ。事代《ことしろ》は不安げにふらふらしていた。

やがて計六名の足が止まる。烏衣家《ういけ》の門前がそこにあった。

自動的に開かれる通用門。

「ようこそ」

烏衣家の中庭で月光を浴びていたのは、今夜は妹のほうだった。宣言した通り、彼女は杵築たちを待っていた。

「また会いましたね、イズモさん」

ミワは奇跡のように形良い唇を吊《つ》り上げて髪を揺らせた。

ただそれだけで建御と事代が石になったように凝固《ぎょうこ》した。

二度と会うことはない、と言って別れておきながら、死神にバツの悪さはない。ただ眠たげにうなずきかけ、

「どちらでもよいことだ。我《われ》のカンはよく外れる。気にせずともよかろう」

「こちらへどうぞ」

穏《おだ》やかに微笑《ほほえ》んで、ミワは全員を招いた。天使と悪魔はもちろん、最後尾でたなびく幽霊の朧《おぼろ》な姿も気にした様子《ようす》はない。彼女にも見えていないのだろうか。あらかじめ予定されていた行動のように、邸《やしき》へ向かう石畳を先行する。

杵築には勝手知ったる我《わ》が家同然の屋敷《やしき》だった。建御は何年ぶりかの客。天使と悪魔と幽霊と死神はこれが最初の来訪だ。そしておそらく、杵築以外の全員が最後の訪問となるだろう。

＊＊＊

いつものように邸内はひっそりしていた。誰《だれ》かがいるはずなのに誰の姿もない。杵築は思い出そうとした。この家で姉妹以外の人間を見たのはいつ以来だろう。

どうしても思い出せない。遠い記《き》憶《おく》に紛れて、判然としない断片だけが泡のように浮かんでくる。まだ赤ん坊だったミワ、超然として彼の前に影《かげ》を落とすカミナ。その手が誘うままに導《みちび》

かれた暗くて湿ったどこかの空間。

ミワはエレベータの前で足を止めた。

「乗ってください。姉が待っています」

一同がぞろぞろと乗り込む。しかしミワはその場を動かなかった。

「わたしは遠慮《えんりょ》しておきます。姉はわたしには用がないでしょうから」

昇降ボタンに手を添えながら、ミワは杵築《きづき》に微笑《ほほえ》みかけた。

「あとでわたしの部屋に寄ってくださいね。必ず。待っているわ」

扉が閉じた。

天使と悪魔《あくま》と幽霊《ゆうれい》と死神、そして二人の少年が矩形《くけい》の暗黒に落下していく。カミナの待つ、地の底へ。

＊＊＊

止まったエレベータから真っ先に下りたのは悪魔だった。薄暗《うすぐら》く湿っぽい室内に足を踏み入れ、つかつかと歩き出す。その先に一人の少女がいた。ダッキングチェアにゆったりと腰を下ろし、暖かな微笑みを彼らに向けている彼女は、一度も登校したことのない高校の制服を身にまとっている。

最後にエレベータの箱から出た建御《たけみ》がおっかなびっくり石床に足を下ろしたとき、悪魔はすでに少女の傍《かたわ》らにいて、こう言った。

「久しぶりだ」

冷え切ったその声に、カミナはうなずいた。

「ええ。七年のご無沙汰《ぶさた》でした」

「お前の妹は俺《おれ》を覚えていないようだった」

「覚えていない振りをしたのでしょう。聡《さと》い子ですから」

「もう準備は整《ととの》ったのか」

「はい。あのときは追い返してごめんなさいね。やっと用意ができたわ」

二人のやりとりを聞いて建御が目を剝《む》いた。

「お前は……。この悪魔野郎がここにいることを……いや、顔見知りだったのか！」

カミナは親しい者に向けるべき感情豊かな瞳《ひとみ》を建御に据えた。

「七年前にも一度呼んだことがあるの。試してみたら出て来たから、ちょっと驚《おど》いた。嬉《うれ》しくもありましたが、わたしの備えがまだだったの」

「十何人もバラバラにしたのは、こいつを呼ぶためだったのか……？」

「そうです。わたしは理由もなく人を殺しません」

杵築が問うた。

「何人殺したんだい？」

「三十一人」

答えてカミナは訪問者たちの背後に目をやった。目を見開かせている建御《たけみ》の横で、事代《ことしろ》の薄《うす》い姿が明滅するように揺れている。

「そちらの事代和紀《かずき》さんが最後、三十一人目。一日に一人ずつ、殺して祭壇《さいだん》に仕立てました」

「記事になっているのは十二人だけなんだね？」

「そうよ。残りの十九人のうち、十六人は書類上の失踪者《しっそうしゃ》扱いです。三人は失踪もしていないことになっている。届け出がなされてないから」

「十九人の死体はどこに？」

「祭壇としての役割を終えた後、硝酸で溶かして外洋に投棄しました。死体安置所に送られた十二人も同じです。遺族には違う遺体を贈《おく》ったの。同じことです。どうせ判別はつかなかったでしょう」

「なぜだ」

「この本に書いてあったから」

カミナは解答を惜しもうとも、ためらう素振りも見せない。獣皮製《じゅうひせい》の書物が彼女の手に掲げられていた。

「それが悪魔《あくま》を呼び出す条件とありました。七年前より難《むずか》しくなったわね。あの時は二人分の血と、簡単《かんたん》な絵で良かったのに」

血で描かれた絵画。幾何学模様のような、精緻《せいち》でシンメトリーの美しい絵だった。

「三十一人の犠牲者《ぎせいしゃ》を一日につき一人。身体《からだ》を四十六カ所で切り取って積《つ》み上げる。最後に目をくりぬいた首で仕上げ。祭壇の最上部に首を乗せ、眼窩《がんか》を任意の方向に向けるの。三十一対の穿《うが》たれた視線《しせん》がすべて交差するところ、そこに悪魔がやってくる」

すらすらと言って、カミナは例の本を持ち上げ、

「そう書いてありました」

うふ？　と妹そっくりの笑い声を上げた。

「少しだけ失敗しました。焦点がずれたのね。おかげでこの部屋ではなく、建御くん、あなたの部屋に出てしまったのよ」

建御の反応はない。思考停止にいそがしいようだった。

「三十人も堂々と町中で殺しておいて、誰《だれ》かに見咎《みとが》められることはなかったのかい」

問いながらも杵築《きづき》には答えが解《わか》っていた。

目撃者《もくげきしゃ》がいたとしても、その者の運命は決まっている。

「捕らえて殺し、硝酸で溶かして外洋に投棄しました」

家族や恋人、知人がいなくなったことを騒《さわ》ぎ立てた人間も。

「捕らえて殺し、硝酸で溶かして外洋に投棄しました」

疑問を持ち、自分の口を閉ざせなかった人間たちも。

「捕らえて殺し、硝酸で溶かして外洋に投棄しました」

全部で何人が命を失ったのだろう。カミナの目的のために。

「途中で数えるのをやめたわ。是非にと言うなら、思い出してみてもいいですが」

たとえ人類全員を殺すことになったとしても、カミナは実行するだろう。この烏衣家《うけい》にはそれだけの機能《きのう》と実績《じっせき》がある。そのために存在する装置として人類史の影《かげ》に仰臥《ぎょうが》していた。血と闇《やみ》のシステムは、一人の少女に奉仕するために、あらかじめ設《しつら》えられた舞台《ぶたい》装置だ。

くすくすと、天使が拳《こぶし》を口に当てて笑い出した。

「ダブルミーニングですね。祭壇《さいだん》と、裁断」

「面白《おもしろ》い冗句《じょうく》だわ。笑えます」

肩を揺らす天使に、少女はおざなりな視線《しせん》を送りながら、

「それだけでは寂しいと思った。地図を広げて死体を設置した場所に印を付けてみれば解《わか》ります。すべての点を線で結ぶと左右対称系の幾何学模様になるように。そんなことは書いてなかった。きっと書き忘れだろうと思いました」

微笑に嘲《あざけ》りの風味が加わった。

「陳腐でしょう？　魔物《まもの》を得る条件にしては」

「まあ、形式なんかどうでもいいんですよ」天使も嘲笑《ちょうしょう》を返した。「召喚《しょうかん》でも喚起でもいい

ですが、これといった定型は特にありません。簡単《かんたん》に言いますと、強く願《ねが》いさえすれば叶《かな》うんです。今でも地上に天使や悪魔を呼ぶのは全然難《むずか》しくありません。平均して十分おきくらいに出現しているくらいです。私たちもけっこうヒマですからね。世界中のそこかしこに降臨《こうりん》しています。ですが我々をそのような存在として定義したのは人間のほうですよ」

天使は露悪的《ろあくてき》な笑《え》みへと移行し、

「もっとも、召喚に成功した人間たちは、それぞれ自分だけがそれを可能にしたと思い違っているでしょうが」

悪魔は清冽《せいれつ》な無感情を維持していたが、

「ありふれた話だ。降臨に見合うだけの熱意《ねつい》と労力を払えば願いは聞き届けられる。規定の術式はもともとない。願い、実践するだけだ」

杵築《きづき》が聞くこれまでで最も長い言葉を吐き出した。

カミナが椅子《いす》から立ち上がる。その胸の前に抱えられた書に天使が目を留めた。

「質の良さそうな魔術書ですね。焼いたら食べられるのではないですか？」

「そうだな」

珍しく悪魔が同意した。

「本物と認定してもいい」

「本物なんかありましたっけ」

「ない。あったとしたらそんな感じだろう」

「いい加減ですねえ」

「でも、もう要らないわね」

カミナはその書物を床に置くと、いつしか手にしていた小瓶《こびん》を傾けた。無色の液体が降り注ぎ、表紙と石床に染みていく。火のついたライターが投じられ、青い火が少女の顔を照らし出した。

動物の焼ける臭気が広がっていく。

その臭《にお》いでスイッチが元に戻ったのだろう。

三十一人、と聞いた瞬《しゅんかん》間から硬化していた建御《たけみ》が忘我の際から還《かえ》ってきた。

「なぜだ！」

力の限りにそう叫ぶ。

「なぜ悪魔《あくま》なんか要るんだ!?　なぜそんなもののために何十人も殺せる!?」

建御は頼りなく揺れる事代《ことしろ》を指差した。

「こいつを見ろ！　おかげでこんな姿になっちまってるんだぞ！　てめえが殺しやがったからだ！　自分が殺した人間の幽霊《ゆうれい》を見ても、てめえは平然としてられんのかよっ!?」

「ごめんなさいね」

カミナは微笑を崩さず、事代の蒼白《そうはく》な顔を真正面に捉《とら》えた。

「誰《だれ》でもよかったの。殺してしまって申《もう》し訳《わけ》なく思っているわ。名前も知らなかった。たまたまあなたがそこを歩いていただけです」

白檀《びやくだん》のような顔がかすかに傾いた。

「これで満足?」

事代は言葉も出ないようだった。

「あなたに言ったのよ」カミナの顔の正面には建御がいた。「亡者の代理人さん」

「お……この大馬鹿《ばか》女!」

絶叫して建御は肩で息をする。

「答えろ! 悪魔がどうのなんて聞きたくねえが、なぜこいつを——他《ほか》の人間も全部だ、殺しちまったんだ! 殺したかったからとか言うんじゃねえぞ、だったら俺《おれ》は今てめえを一番に殺してやる!」

「絶望で地を満たすために」とカミナは言った。

「わたしたちは間違った世界にいます」

カミナは教えるように、

「人間がいるべきところは、こちら側ではない」

燃《も》えさかる羊皮紙が弾《はじ》けた。

「わたしたちはいるべき側《サイド》にいない。違う側に生まれ落ちてしまったのは不可抗力です。わたしたちは戻らないといけない。でも戻ることはできない。ならば、わたしたちは自らの手で自分たちを変えねばならない」

陶然《とうぜん》とした微笑《ほほえ》みに、建御《たけみ》は目眩《めまい》を起こす。

「建御くん」

この女と初めて会ったのはいつだったか。彼がまだ物心一ついていなかった時代の挿話だ。等身大の人形かと思った。今、彼女が見せたのはその時と同じ笑顔《えがお》だった。

「唯一絶対の絶望に支配されて、初めてわたしたちは救われる」

根拠のない救済だ。

建御には恐怖でしかなかった。カミナが何を考えているのか解《わか》らない。しようとしていることの意味もわからない。この女の存在が理解できない。

何を、何のために、どうやって。

なのに、この場にいる全員、自分と事代《ことしろ》を除く連中にはそれが見えているらしかった。絶望で地を満たすだと？　いったい何なのだ。だから、何だと言うんだ。

カミナは目映《まばゆ》い笑《え》みを建御にもたらした。

「あなたが理解できないのも無理はないわ」

最初から説明する気がなかったような声だった。

「補足して差し上げましょうか？」

頼みもしないのに出てきたのは天使だった。

「このお嬢《じょう》さんの抱える絶望はあまりにも深すぎ、また他者の共感を得るには異質すぎますが、あなたにも解りそうな比喩《ひゆ》をまじえてお送りしましょう」

微笑面《びしょうづら》だ。ただしカミナの笑顔とは種類が違う。種族が違う。

「逆立ちした蛸《たこ》を思い浮かべてください」

天使は教師のように指を振った。

「水面から八本の足が出ている。それぞれの足は根っこで同じ胴に繋《つな》がっています。でも海中の様子《ようす》を見ることができなければ、表面的には八つの別々の生き物が独自に蠢《うごめ》いているようにも見えるでしょう」

「見えねえよ！」

「それはあなたが蛸の存在を知っているからです。いいですか、蛸なんか見たこともなく、類似した生物の情報をまったく与えられていないと仮定してみてください。八つの触手が好き勝手にニョロニョロしています。さて、そこに指でも近づけてみましょう。その途端《とたん》、個別の生き物のように見えていた触手が共通する意志を持って指にからみついてくる。繰《く》り返しますが海の中は見えません。水面上にいる者は、八体の生物が未知の手段でコミュニケーションを取り、連携して指に絡みついてくる、としか思えない。見えないところで何がおこなわれているのかが解《わか》らないのですよ」

「それが、それがどうしたんだよっ」

「だから、それがこの世界の人間なんです。水面上の蛸《たこ》の足の一つ一つ、それがあなたたちが目にしている自分であり、他《ほか》の人間なんです。人類はすべて目に見えないところで繋《つな》がっているんですよ。決して単一の個体ではないのです。海に点在する島が海底で大地と繋がっているように、あなたがたは全員同じものなのですよ」

理解を得る時間を与えるように天使は口を閉じ、建御《たけみ》の理解を待たずにまた開いた。

「あなたは自分の身体《からだ》だけが『あなた』という人間を形作っていると思っているかもしれませんが、間違いです。氷山の一角というやつですね。海面に出ている氷山は全体の容積《ようせき》に比べればほんの少しでしかありません。人間もそうなのです。地上を蠢《うごめ》く人間たちは、実は一つの基《き》盤《ばん》から生えた触手のごときものであり、この世界に突き出た棘《とげ》でしかないのですよ」

建御は口を開こうとして失敗し、意味のない息だけを漏らした。信じられるか、そんなものが。

「このお嬢《じょう》さんは、」天使はカミナに向かって手を広げ、「そんな哀れな有様《ありさま》の人間と世界をどうにかしようとお考えになったのでしょう。建御さん、あなたはこのままでもいいと言うかもしれません。しかし、ともかく、彼女にはこの世界は苦痛でしかないのです」

なぜか、と訊《き》く間もなく、天使は解を告げた。

「なぜなら彼女は一本足の蛸です。彼女の足は他の誰《だれ》にも繋がっていません。人として生まれながら人類や他の生命体の何とも共有する部分を持たないのです。真の孤独とは、彼女のために用意された言葉ですよ」

絶対的な望みを実現するには、見合うだけの絶望が必要だ。

「そう」とカミナは言った。「わたしはわたしでしかない。だから気づけました。間違った側に生まれたことを、人間がずっと間違ったまま過ごしていることを」

淡い色で燃《も》える書に目を据えながら、

「それはとても馬鹿《ばか》げたことです」

質問するのが自分の役割だと思ったのか、杵築《きづき》が穏《おだ》やかな口調《くちょう》で尋《たず》ねた。

「どうやってそれをするんだい？　すべての人間が不幸を自覚する絶望をどのように作る？」

「この人の力をもらって」

姉妹に共通する白い手が悪魔《あくま》に伸ばされた。

「わたしが設計するのは絶望の系《システム》です。あらゆる現象に作用する悪魔的な法則を打ち立てるつもりなの。すべての価値観《かちかん》は消失し、唯一の絶望だけが世界を支配することになります。一切の安らぎは消滅する。死もその一つよ」

カミナの唇には平伏したくなるほどの美しい笑《え》みが浮いていた。

「逆立ちした蛸《たこ》。滑稽《こっけい》なイメージだわ。どこまでも人を馬鹿《ばか》にするのね、天使さん。でも、いいわ。その例で言うなら、わたしは水面下にある胴体の本質を変えようとしています。本体が変われば、繋《つな》がった足の色も変わる。わたしはそのために殺人を犯し、悪魔《あくま》と呼ばれる存在を呼び寄せました」

年月を経て熟成《じゅくせい》を増した弦楽器の音色《ねいろ》が喋《しゃべ》っているようだった。

「わたしは何だってしたでしょう。絶望のシステムと魔王の機械《きかい》を作るためになら。すべてはそのためです」

「何が、そのためだ！」

建御《たけみ》のがんばりは畏敬《いけい》に値するかもしれない。

「妄想だろ！　なんでそんな簡単《かんたん》に人が殺せるんだ⁉　おかしいだろうが！　死んだ奴《やつ》と残された奴のことを考えられねえのかよ！」

「人にそれだけの価値はない」

それまで黙《だま》って聞いていた死神が言った。

「人の命の価値は、その人の体重と同じ重量の生ゴミに等しい」

「この……、人でなしめ！」

死神はうなずいた。

「然《しか》り、我《われ》は死神。人ではない。誰《だれ》が何人死のうが気にするわけがないであろう。少しばかり気にすることがあるとしたなら、人間が死ぬたびに仕事が増えるということくらいである。できれば全人類が不死となって誰も死なないようになってくれたら楽にもなろうが、それでは無《む》職《しょく》になるな」

「私も同意見です。やはり人間は生きていてこそ弄《いじ》りがいがある。死者に鞭打《むちう》っても走り出してくれたりしませんからね」

軽やかな天使の笑みが今は悪魔のように見える。

「お前ら……全員地獄に堕《お》ちろ！」

「名案だ。地獄のほうが地上《ここ》より楽しめるかもしれん。行き方を教えてくれたらすぐに出張申《しん》請書《せいしょ》を提出しよう。どうであろう、悪魔」

「お断りだ。知っているだろ。地獄なんてない」

悪魔は答え、天使もまた言った。

「そして天国もありません。あるのは、」ひょいとお手上げのポーズ、「脆弱《ぜいじゃく》な思いつきの上に立脚する、この現実だけです」

人間たちは三者三様に沈黙《ちんもく》している。幽霊《ゆうれい》も言葉を喪《うしな》い、司会役を演じている天使だけが楽しげに浴衣《ゆかた》を揺らしていた。

「死後の人間がどうなるのか教えてあげたらいかがです？」

その指名を受けた死神は、素直に、

「よかろう」

棒立ちのまま、睡眠不足のような顔で、

「人間の霊魂《れいこん》は我《われ》らのもとへ自動搬送されたのち、分類、加工され、商品タグを付けられる。

そして我らが交易している他《ほか》の世界に輸出《ゆしゅつ》されるのだ。ある国では住人たちの食料とされ、またある国では肥料として撒《ま》かれ、別のある国では工業製品の部品として、さらにある国では習慣性《しゅうかんせい》のある嗜好品《しこうひん》として消費される。使い捨ての奴隷《どれい》として使役《しえき》している国もあると聞く。なにしろ放置していても人間たちは簡単《かんたん》に発生するのだ。これほどやすやすと手に入れられる材料は他《ほか》にはなかろう」

幼女の目は建御《たけみ》を向いている。

「おかげで我らは豊かな経済基盤《きばん》を築けた。礼を言うべきだろう、人間どもよ」

礼？　礼だと？

ふざけるな。

「ちくしょう！　ちくしょう！　ちくしょう！」

建御は叫び、足を踏みならした。

「お前ら、人の命を何だと思っている⁉　俺《おれ》たちが、人間が何人死のうが知ったことがねえってのか⁉」

「その通りである」

死神はうなずいた。真面目《まじめ》な顔で。

「狭き世界で何やらじゃれ合っているうちに互いを価値のある存在だと誤解しているだけの生命体だ。それが人間というものだ。はっきりと事実を述べようではないか。我らにとって人間の生は無価値である。生ゴミのほうがまだリサイクルのしがいがある」

つかみかかろうとした建御を杵築《きづき》が制した。

「よしたほうがいい」

友人は平静そのものの声で、

「言っても無駄《むだ》な相手には、何を言っても無駄だよ」

「こいつらの言ってることは本当なのか!?」

「さあね。ただ、僕は自分の手に余るものを無理に矮小化《わいしょうか》して下に置こうとは思わない。でも彼らは僕たちより巨大な目を持っているんだ。それだけのことだよ」

「心が痛まねえのかよっ」建御はおさまらない。

「手を洗うとき、そなたたちは無害な菌類をも罪悪感なく殺している」

死神は今思いついたような口調《くちょう》で、

「そなたたちが菌類であるなら、単なる手洗いによってワケも解《わか》らず殺される仲間たちの苦痛と絶望を共有することができるだろう。同じである。我らには菌類と人類の区別がない。ゆえをもってして、両者の死に同じような思いしか抱かないのである。そなたたちが菌類を殺して何も思わないのと同様に、我《われ》らも人類の死に思うところなど皆無《かいむ》だ」

幼女は微動だにせず、

「我らから見た生命とは、そういうものだ」

杵築《きづき》は思う。そんなことは解《わか》っている。人間は類族の死に対し、時には敏感に、時には鈍感になる。解、っ、て、い、る、か、ら、だ。命には重みも尊さもない。だからこそ簡単《かんたん》に奪い、また無関心でいられる。そして守ろうともする。自分の命の軽さを認めたくないからだ。

死神は唇を不吉な形に歪《ゆが》めた。

「認めないと言うか？　だから自分の認識外《にんしきがい》にあるものを否定するのか？　そなたらの正否は感覚のみにしか由来しておらん。そんな馬鹿《ばか》げた感覚を持っているのは地球上で人間だけだ」

「このガキ……！」

建御《たけみ》の力は強い。抑える杵築の腕にも適度な負荷がかかっていた。

「では再度言おう。そなたらの生命に重みはない。生きていても邪魔《じゃま》にならないが、死んだところでどうでもいい。生きる意味も死ぬ意味もない。それが我の知る人間というものである」

死神は粛々《しゅくしゅく》と建御を見つめた。

「我に怒りを持つか、建御。ならば憂《う》さ晴《ば》らしに我を陵辱《りょうじょく》してみたらどうか。そなたの気が晴れるというならば、我は甘んじてそなたの餌食《えじき》となろう」

死神の長《ちょう》広舌《こうぜつ》に天使は苦笑していた。取《と》り繕《つくろ》うように、

「死神さんは極論好きですからね。そうは言ったものの、いくら私たちでも無辜《むこ》なる生命をいたずらに殺傷するような趣味《しゅみ》は悪趣味だと認識《にんしき》しています。ただ、どうでもいいだけなのです」

慰《なぐさ》めになるとは思えない。

「では、こういうのはどうでしょうか。人間は最初から殺されるために創造された神の玩具《おもちゃ》だというのは。あなたがたが食用として家畜を飼い育てるのと同じように、神もまた人間を養殖しているのだと。美しい花は観賞《かんしょう》されるために摘《つ》み取られるのです。どうです？　少しは納得できませんか？　別にしなくても私たちはいいんですよ。あなたがたの気が晴れたら私はそれで満足です」

天使は浴衣《ゆかた》の袖《そで》に手を入れていた。

「我々から見れば確《たし》かに人間の命は無価値です。万単位でひねり潰《つぶ》そうが後から後から際限なく湧《わ》いて誕生《たんじょう》しますからね。いくらでも替わりのきくタンパク質の塊にすぎません。ああ、捕って喰《く》おうとは思いませんよ。あなたがたも、ゴキブリや毛虫を好んで食べようとは思わないでしょう？」

ウチワを取り出して扇《あお》ぎ始めた天使を、死神は不本意そうに見上げた。

「そなたはひどいことを言うな。我《われ》らのほうがよほど良心的であろう」

生真面目《きまじめ》な、ただし眠たそうな目で、

「百万の命を奪った人間も百万の命を救った人間も、誰《だれ》もに惜しまれて死んだ人間も誰からも見捨てられた人間も、死後は同じところに行く。平等なシステムであろう。我らは区別をしない。命に値札を付けない。無意味なことをしないのである」

杵築《きづき》の見る限り、建御《たけみ》は限界に達していた。

「……何だったらいいんだ。意味のあることって何だ！」

「人間のなす事はすべて無意味であり、我らが何をもって有意と為《な》すかは、そなたらの知ったことではない。知るすべもなかろう」

幼女は襟《えり》を引いて喉元《のどもと》に空気を入れつつ、

「そなたらがバクテリアに意志を伝える言葉を持たぬのと同じで、我らもまたそなたらに伝えるべき言葉を持たない。こうして話している我の言葉が本当の我の意志を完全に表しているなどと思わぬことだ。我はそなたらの耳と理解力にあわせた言葉しか使っておらん。そなたらの言葉と脳は非才すぎてほとんど使い物になっておらんからだ」

「ですから」

と、天使が言い、カミナへ流麗《りゅうれい》な顔を向けた。

「こちらのお嬢《じょう》さんは、そんな人間の運命を変えようとしているんでしょう。死んでなお愚弄《ぐろう》されることが決定されている運命をね。彼女の計画が成功したら、もはや死神たちは人間の霊《れい》魂《こん》を手にすることはできません。見方によればとても幸福なことであると言えるでしょう。人間の作り出した世界に留《とど》まることができるのですから」

ウチワで口元を覆《おお》い、天使はくつくつと笑った。

「ただし、そこはもはや地獄ですが」

「天国も地獄もないんじゃなかったかな」杵築が問いただした。

「だから、そのお嬢さんは地上に地獄のプロトタイプを作ろうとしているのです」

「天国にしろよ!」建御が叫んだ。

「誰もが等しく幸福になるのは簡単《かんたん》です。人類の現実認識《にんしき》能力をまとめて狂わせてしまえばいいのですから。しかしそれは主観的《しゅかんてき》幸福の集合体にすぎません。お嬢さんが欲しているのは絶対的な価値観なのです。幸福には上限がない。しかし不幸には最下限があると彼女は計算しているのですよ。それが絶対的絶望です。単一の客観的不幸に陥って、ようやく人類は一つになるのだと考えているのです」

「正しい」死神が言った。「だが、どうやるのだ?」

「ですから、そこで地獄の登場です。すべての人間が等しく希望を失ってのたうち回る様をご想像ください。そこには一筋の光明もありません。唯一の逃げ道だった死もまた安らぎとはほど遠いところにあります。死ぬことすら許されないのです。たとえ死んだとしてもまた同じところからやり直しとなるのでしょう。不死の完成ですよ。その世界では人間はおしなべて一つの装置と見なされるでしょう。永遠に絶望世界の深淵《しんえん》で這《は》いずることになるのです」

カミナは黙《だま》って燃《も》え尽きようとしている炎を眺めていた。まるで目の前で繰《く》り広げられているる会話に何の意味も感じていないように。天使の言葉にも耳を貸していないように見えた。

「具体的には何も変わっていないように見えるかもしれませんね。地上を見下ろす者がいたら、人間たちは以前と変わりなく普通に生活を送っているように感じるかもしれません。しかし人間たちの内面はまったく別のものにすり替わっているのです。時には笑い、泣き、悲しんでいるような振りをしながら、しかし人間の精神にあるのは絶対的な絶望のみなのです」

頓着《とんちゃく》せず喋《しゃべ》る天使は、ふっとカミナを見据えた。

「人の原罪を背負って死んだ人間がいるように、彼女も人の絶望をすべてひっくるめてその身に受けています。狂った世界にいながら人類が発狂していないのはそのおかげと言っていいでしょう。建御《たけみ》さん、あなたは彼女に感謝《かんしゃ》こそすべきであって、悪罵《あくば》を吐いていいものではありませんよ」

「くそったれ！」建御は喚《わめ》いた。「神様がいるのかいないのかどっちなんだ!?　こんな時にこそ出てきて何とか丸く収めてくれるもんだろうよ！」

「神様はたとえどんなことが起きても基本はスルーです。まあ、一応、判例ではそうなっていますね。たまに一部の跳ねっ返りが介入したりもしますが、そういう神は昇進できない人事——いや神事システムができあがっています。悪くすれば左遷《させん》の憂《う》き目にあうでしょう。ゆえに何とかしてくれそうな神様は元から昇進をあきらめている下っ端か、退官間近で左遷の可能性すらない老醜《ろうしゅう》くらいなのです。どちらも役に立つとは言いがたいですね。どこの世でも長いものには巻かれたほうが生きやすいのは確《たし》かですよ」

天使はさらに、

「言い添えると、私の言う神と、死神さんの言う神と、あなたがた人間の考える神は、実はまったくの別物です。私にしても死神さんにしても、『神』という言葉を違う意味で使っているのですよ。これはあなたがたの言語に我々が言うところの神的存在を表現するに相当な単語がないからなのです。一番似通っているのが単に『神』と定義されているにすぎません」

また、にっこりとして、

「それにあなたが今求めている神様は、どうやらデウス・エクス・マキナのことのようですね。そのような神は古典文学史の中にしかおりません。ギリシャ叙情詩から近代文学を系統立てて読み解けば、そのくらいのことは子供にだって解《わか》ります」

「淘汰《とうた》の過程で滅びたものは、古代の地層のみに存在を見いだされ研究者の暇つぶしになるだけの運命である」

「別に悪いことではないように思いますが、死神さん、あなたは自由経済と自然淘汰を一緒《いっしょ》にするなと苦言を呈していませんでしたか？　それは間違っているとおっしゃったように私は記《き》憶《おく》していますが」

「言った。それは間違いなく間違っている。だからこの世界は間違っている。矛盾《むじゅん》はなかろう」

「善《よ》し悪《あ》しはともかくとしてですが納得はしますよ。あなたもただの天然ではなかったということでしょうか」

「それももうよい。語り尽くされた結論は後年において再び蒸し返されるだろう。時代は繰《く》り返し、進歩の停滞を喜ぶのも人間の特性だ。それはそれでよいことであろう」

「高度な既製品を作る方法論は確立《かくりつ》されていますが、高度な独創は既存の設計図では作り出せませんからね」

「均質化は絶滅の第一段階である。刹那的《せつなてき》な快楽主義がそれを補強する。人類の未来にこれほど見合った現象もないであろう」

くるりと頭を回して死神は建御《たけみ》を見上げ、

「非在の神を当てにするでない。我らも然《しか》り」

「お前たちは……」建御は声をしわがらせながら、「何をしに来たんだ……」

その言葉は天使が受けた。

「私やこの死神さんのような存在は、私たちの中でも特別なのですよ。どちらかと言えば変わり者なのです。他《ほか》の天使や死神は人間と会話を楽しんだりしません。いじって遊ぶくらいなら、そうですね、暇つぶしにしているかもしれませんが。つまり、私たちは単純に楽しんでいたのです。今の今まで」

建御は拳《こぶし》を握りしめた。

解《わか》ったのはただ一つだ。

天使も悪魔《あくま》も死神もロクなもんじゃない。いないほうがいい。消えろ。消えてくれ。

連中は人間に災いしかもたらさないんだ。人外のものに人間的な感情を求めるのは筋違いだった。すべては幻想だ。

「よく解ったとも。お前らは皆同類だ！　鬼畜《きちく》どもめが！」

「心外である。区別はしてもらいたいものだ」

死神は異を唱えた。

「天使と悪魔は人間の生を弄《もてあそ》ぶ。我ら死神は人間の死を弄ぶ。全然違うであろう？」

「そして、」と天使が語尾にかぶせる。「両方を弄ぶのが人間です。私たちは装置に過ぎませんが、この私たちを動かすのは人間なのですから」

「こんな奴《やつ》らに何かされるくらいなら、まるごと全滅したほうがマシだ！」

「言いすぎですよ」と天使。「他の人々の意見も聞いてから言ってください。それに人類が絶滅したとしても、また別の生命体を進化させてそれなりの魂を持たせてやればいいだけのことです。あるいはいっそ、天地創造からやり直してもいいですね。七日も待てば何かしらが発生するものですよ。違いましたか？」

「合っている」と死神。「生命や意識《いしき》は容易に生まれる。何度でもやり直しがきくものなのだ。遠い昔、我《われ》ら死神はもっと奇妙で複雑な振《ふ》る舞《ま》いをする霊魂《れいこん》を狩っていたことがある、と古代史の授業で習った。今よりよほど面白《おもしろ》そうであったのを覚えている」

不服そうに死神は言った。

「今この時代にいる自分を、我は残念に思う」

「狂ってんのはお前たちだ！　ああ、おかしいとも！　こんな話を聞いて、人間だろうがそうでなかろうが、どうして平気な顔をしていられるんだよ！」

それでもなお、建御《たけみ》以外の全員は態度を改めることはなかった。

やがて死神が言った。

「そなたに言われるまでもなかろう。確《たし》かに我らはおかしくも狂いもしておる。それは間違いのないことである」

肩を上下させて息をする建御に、死神は言い放った。

「だが、そなたもまた同じなのだ。なぜそれが解《わか》らんのか、我には見当もつかん。この世あの世の区別なく、あらゆる人性は狂気に冒されておるのだ。ヒト的な意識の持ち主は均等に、平等に、差別の一欠片《ひとかけら》もなく狂っておる。正気なのは意識を持たない無機物《むきぶつ》のみなのだ。とっくに気づいているものと思っておったが」

「思えるか！　そんなことが！」

「由々《ゆゆ》しきことであるな。そなたは幽霊を見、天使を知り、悪魔《あくま》を認め、死神をも知覚したではないか。そのような存在がここにあると知ったであろうが。それこそ、まぎれもない狂気であろうが。己が正気だと主張するのはかまわんことだ。しかし、すでに手遅れだと思い知るがいい。そなたは我ら人外の存在を視認、認識、あまつさえ対話をもしたのだぞ。我らを否定することは、そなたの過去と過去に連座する認識を否定することに他《ほか》ならない。我らを狂気の産物だと言うのならそうするがいい。ただしそれは自分の正気を否定することでもあるのだ」

死神は淡々と言葉を繋《つな》げた。

「すなわち、そなたはもう狂っておる。助かる手だては狂気を受領する以外にない。そなたの正気は我らと最初に出会った日に失われ、回復する所以《ゆえん》を持たないのである」

「嘘《うそ》だ!」

「我が嘘を述べていると言うか。それもよかろう。ならば自らの正気を言葉を用いて証明せよ。天使や悪魔や死神や幽霊など存在しないと、ここで証明するがよかろう。我らに時間はたっぷりと残されている。そなたの命つきるまで、我はそなたの反論を塵《ちり》と化すまで聞き続けることだろう。永劫《えいごう》にはほど遠い時間だ。であろう、天使と悪魔」

「それはどうでしょうね」

天使はやんわり否定した。

「時間の無駄《むだ》にしかならないと私は憶測《おくそく》します。私ども天使たちが人間の用いる言葉に啓蒙《けいもう》されたというような歴史的事実は一つたりともありません。人間たちは自分勝手な理屈を転がし、自分たちが都合よく納得するような勝手極まる精神しか持たないものです。同情しますよ、死神さん。いくらオートメーション化されているとは言え、人間という生物は死後のほうが色々面倒《めんどう》なことを言い出すものです。そこの幽霊《ゆうれい》くんのようにね」

建御《たけみ》は言葉を失い、幽霊となっていた事代《ことしろ》もまた同じだった。

杵築《きづき》は平静を保っていたが、彼は平静以外の精神状態を知らなかった。杵築はこう思っていた。

死神と天使は客観的《きゃっかんてき》事実を言っているにすぎない。間違っているのは建御のような人間と、事代のような元人間のほうなのだ。

彼もまた一介の人間にすぎなかったが、杵築にはもう解《わか》っていた。人間は残らず間違った存在だ。気づいていない人間を普通の人間と呼び、そうでない人間はいつしか異端となる。

彼は後者の側だった。その意味ですでに彼は人間と呼べないものになっていた。そうしたのは間違いない、カミナだ。彼女は最初から異端の者だ。彼も同じ、カミナの同類だ。だから彼は何一つ感じない。人間の大多数は狂気に冒されている。そうでないものは異常とされる。そして世界は狂っていた。

世界の狂気とは関係なく正気でいられるのは、カミナや自分のような存在なのだろう。

「やっと気づいたよ」

杵築は音もなく息を吐いた。

カミナの異常な行動、殺人、死体装飾。妹への理不尽な拷問《ごうもん》。杵築の父親を殺し、実の母を殺した。

すべては狂気に彩られ、血にまみれた異常行動だと思われていた。

そうではなかったとしたらどうだろう。

狂っているのは世界のほうで、はなから狂った法則によって成り立っていたとしたら、どうだ？

カミナは世界を正気にしようとしていたのではないか。連続殺人、悪魔《あくま》召喚《しょうかん》。そのすべてが正しい世界の正しい法則に則《のっと》ったものだとしたらどうなのだろう。

悪いのはカミナか、それとも世界か。

「僕にはどうしてもカミナが間違っているとは思えない」

ならば、

「間違っているのは、ここだ」

天国も地獄もあの世もこの世と同様に同じく狂っている。天使も悪魔も死神も人間も。

カミナだけが正しい世界に目を向けていた。深い絶望。本来あるべき世界を正確《せいかく》に見通せる目を持ち、本来あるべき世界に戻ろうとする意志を持つたった一人。

カミナは今まで耐えてきたのだ。そして実践の時が来た。彼女は装置を手に入れ、世界を深い絶望の淵《ふち》に叩《たた》き落とす。

それこそが本当の世界だ。カミナはこの世界の唯一にして正しい落胤《らくいん》なのだ。そういうことにしておけばいい。

「よく解《わか》ったよ」

この世界の誰《だれ》がどうなろうと実際に傷つく人間はいない。ただ触手を何本か失うだけ。ここは間違った世界だ。

杵築《きづき》は初めて、心の奥底から微笑《ほほえ》んだ。

「なにもかもすべて。今日《きょう》は記念日になるんだろうね。カレンダーに血糊《ちのり》で丸をつけるような、世界再誕《さいたん》の日だ。僕たちの未来はここから始まるんだ。そうだろう、カミナ」

少女は目だけで答えた。杵築には充分すぎる意思表示だった。カミナは笑っている。

杵築の言葉に、建御《たけみ》だけが首を振った。


「てめえもか、杵築……」

他《ほか》の人類に先駆けて、深い絶望に浸されながら。

「くそ……っ！」

そして突然、雷鳴に打たれたような目眩《めまい》じみた恐怖を感じた。

「……何だ……？」

待て。待ってくれ。

何かが間違っている。

「そうだ……」

建御の身体《からだ》に戦慄《せんりつ》が走った。

どうして俺《おれ》はこいつらが天使や悪魔《あくま》や死神だなどと本気で考えるようになったんだ？

こいつらがそう名乗ったからか。俺が連中の何を知っている？　こいつらは何もしていなかった。だいたい天使や悪魔ってのは何をするものなんだ。誰も知るはずがないのに、誰もがなんとなく知っている存在……。

ちくしょう、そうか。

「お前らは偽物なんだ」

冷えた憤激《ふんげき》が声となって迸る《ほとばし》。

「天使でも悪魔でも死神でもねえ……。ただの化け物だ」

「やっと気づいたか」

眠そうに言ったのは死神だった。

「お前らは何なんだ！」

「命名と定義付けはそなたに一任する。その思いつきに賛同《さんどう》するものもいるであろう。我《われ》や、この天使や悪魔のように。だがそうでない存在のほうが多いと知るべきだ。これだけは忘れるな、世界はそなたたちだけのものではない」

「もう少し現実的に私たちを否定してみてください。偽物だとしてもいいんですが、どういう偽物かにもよるでしょう。名称だけが変わって内容が同じなら、結局同じことですから」

こういうのはどうでしょう、と天使は穏当《おんとう》に提案をした。

「実はわたしたちは全員人間で、あなたをからかうための演技をしていたのです。シナリオ通りにね。早着替えをした私の天使衣装は双子の入れ替わりでどうですか？　もとより悪魔《あくま》は悪魔らしいことを何一つしていません。死神が空を飛んだように見えたのもワイヤーを利用したスタントで説明できますよ。幽霊《ゆうれい》さんは投影《とうえい》された3Dホログラフィックです。彼が喋《しゃべ》っているように見えたのも、私か悪魔さんによる腹話術です」

誰《だれ》一人信じる者はいない。建御《たけみ》ですら、天使の戯言《たわごと》を本気にしたりはしなかった。すがるべき藁《わら》にもならない。

「そろそろ終わりにしようではないか。我《われ》はもう飽いてきた」

死神の眠気は上限を迎えようとしているようだった。

彼女には何もかもどうでもいいらしい。今の彼女が関心を持っているものはカミナでも建御でも自分の服装でもなく、

「幽霊」

幼く細い声が事代《ことしろ》に飛んだ。幽霊の身体《からだ》がびくりと震《ふる》える。

「もうよかろう。我の自由行動はそろそろ種が尽きる。我はそなたを我が職場《しょくば》へと連れ去らねばならない。大人《おとな》しく工場へ行き、我らの商品となれ」
事代は全身全霊で叫んだ。
《いやだ！》
「そなたは我の所有物だ。自由意志は許されないのである」
《こんな人生はいやだよ！》
幽霊の声でも大小があるのだと建御は知った。
《こんな理由で殺されて、それで終わりだなんて僕はいやだ！　僕はもっと生きていたかったんだ。楽しいことをもっとしたかったんだ。楽しくなたっていいよ、生きていればそれだけでいいんだ！　僕は死にたくないよ！》
「そなたは死んでおる。今さら何を言うか」
《もう一度やり直したい。できるものなら転生したいよ！》
「輪廻《りんね》に入りたいと言うのか」
出現して初めて、死神は意表をつかれたような顔をした。
「それは永劫《えいごう》を意味するのだぞ」
事代の顔は醜《みにく》く歪《ゆが》んでいた。往生際《おうじょうぎわ》の悪さを指摘する者は誰《だれ》もいない。彼の希望は当然のものだった。意志に反して生を絶たれた者は全員同じことを言う権利と資格がある。

死神はどこを見ているのか解《わか》らないような目をしていたが、

「そこまで言うのならば。そなたにもう一度《ひとたび》の生を与えてやってもよい」

事代《ことしろ》の表情が凍り付き、徐々に解凍していった。

《本当に……？》

死神は首肯《しゅこう》し、

「面倒《めんどう》くさいのだが、それもまた一興《いっきょう》であろう。これでも我《われ》はその筋に顔がきくのだ。事後報告で事足りる。担当者に片乳首を吸わせてやるだけで充分であろうからな」

《じゃあ……》幽霊《ゆうれい》の声は頼りなく震《ふる》えていた。《僕は生き返ることができるの？　また人間として生きることが……？》

「そうだ」

眠い目の幼女はかっくんと首を上下させ、

「そなたはまた人間として生まれる」

《……ありがとう……》

「礼はいらん。心苦しく感じるであろう」

死神は棒のように立ったままだった。しかし何かをしたのだろう。

《あ……》

幽霊の形が崩れ始めた。姿がますます透明度を増していく。ぼんやりしていた事代の姿形がゆっくりと消えようとしていた。いつも暗かった表情が、最後の瞬間《しゅんかん》に安らぎに満ちた。

《やり直すよ……人生を……。本当に……ありがとう》

「礼は言うなと言っている」

死神は黒すぎる目で事代の消え様を見つめている。

「さらばだ、事代とやら。そなたはつまらない幽霊であった」

事代は完全に消えた。少なくとも建御《たけみ》の目には見えなくなった。

「おい……」

事代のいた場所をいつまでも見つめる死神に、

「本当に転生させてやったんだろうな」

「当然だ」

死神はわずかに胸を張って、よく通る声で言った。

「十六年一ヶ月十七日前に転生させた。あの事代とやらが生まれた時に、同じ赤子としてである」

瞬間、考えが追いつかない。同じ時、同じ赤ん坊だと……？

「やり直したいとの希望だった。その通りにしてやっただけである」

「どういうことだ……。ええ？　それはどういうこった？」

「あの者はもう一度自分として生まれる」と死神は言った。「そして十六年と少しばかりを過ごし、そこにいる女に殺されるのである。現にそうなったではないか。事代《ことしろ》とやらは永遠に殺され続けるのだ」

建御《たけみ》は言葉を失った。

それではテープを巻き戻しているだけだ。また同じ結果になる。それとも違う人生を歩むことができる場合もあるのか……。

「ない」

死神は半眼《はんがん》をさらに細くした。

「ゆえに我《われ》は躊躇《ちゅうちょ》したのだ。永久《とわ》に同じ生死を繰《く》り返すことは、我ですら恐れるであろう。最大級の犯罪者のみに許可された極刑であるからだ」

「別の奴《やつ》に転生させりゃいいじゃねえか！」

「使い回した霊魂《れいこん》は劣化するのである。商品化できないなら、そんなものは我らはいらない。転生システムが機能《きのう》しなくなってから久しい。これは特例だと思い知るがよい。我の乳首がそれを可能とするのである」

絶句にもほど遠い感情を何と表現すればいいのか、建御には解《わか》らない。事代は消えた。生前はまともな人間だったろう幽霊は死神の餌食《えじき》となった。ここにいる人間は自分と他《ほか》二名しかいない。そのうち一人は人間の身でありながら死神や悪魔《あくま》よりも魔物に近かった。

建御は友人にすがりつくしかない。

「おい、杵築《きづき》！　お前も何か言えよ！　こんなのでいいのかよっ？」

「無駄《むだ》ですよ。彼の心にはどんな言葉も届きません。いえ、届いてはいるのです。しかし彼にはどうでもいいことでしかないのです。そう、あなたの言葉には何の重みもない。彼は人間の存在価値がほとんど無であることを正しく理解しています。そんな無価値な人間の言葉に耳を貸す必要はありませんからね。彼の魂はからっぽです。あまりにからっぽなので死神の機械も彼だけは見過ごすでしょう。それほどに何もない。がらんどうの心です。なぜならば」

天使は両手を低く広げた。

「彼もまた装置だからです。私や悪魔や幽霊や死神のようにね。ちなみに装置以下の存在は描写される意味もありません。ですから登場もしない。それらは多くの人々にとって時間の無駄でしかありませんから」

明白に諭《さと》す声だった。

「建御さん、ここで装置の役割を果たしていないのはあなただけですよ。事代さんが幽霊となり、それを追って死神さんが出てきたのは偶然ではありません」

幽霊がいたから彼らはここに導《みちび》かれた。

「彼女は死神の機械すら制御できたのです。事代さんが幽霊化したのはアトランダムなプログラムのせいではなく、きっかけとしての彼が必要だったからですよ」

幽霊の存在を成立させるために死神の機械があり、そのために死神がいた。

「そのような役割が必要だったのです。幽霊《ゆうれい》さんと死神さんはまさしくそのために登場しました。悪魔《あくま》さんの存在意義は、最早《もはや》、言うまでもありませんね」

では、おまえは。天使はなぜここにいる。

「さて。考えてもみてください。私が居なかった場合をね。何もしない悪魔と無秩序に行動する死神しか現れなかったとしたら、どうなっていたと思いますか？　終始気まずい空気が流れ続けただろうと私は思いますよ。それが私の存在意義です」

俺《おれ》はどうなんだ。誰《だれ》もに存在意義があるというなら、俺には何があるってんだ。

「自分の意義くらい自分で決定してください」

天使は肩をすくめたようだった。

「その程度の責任は背負ってしかるべきです」

建御《たけみ》は頭を抱えた。抱えて膝《ひざ》をついた。

「僕に電話すべきじゃなかったんだ」

杵築《きづき》が淡々と言った。

「そうすれば交差することはなかったかもしれない。こんな部屋で終わりを迎えることはなかったかもしれない。天使や悪魔や死神が、天使や悪魔や死神でしかない終わり方ができたのかもしれない。建御、キミは彼らに今とは違う存在意義を与えてやるべきだった。そのチャンスをキミはふいにしたんだ。彼らは自分で自分の存在意義を見つけてしまった」

お前が僕を呼ぶことで。

建御は耳をふさぐ。しかし完全に音を遮断することはできない。

「なかったことにはできない。僕たちはもう、ここにいるんだよ」

そして、どこにも行けない。この世界は閉じられている。

もう何も聞きたくはない。これ以上俺を狂わせるな。今までずっと狂っていたんだとしても、俺はそのままでもよかったんだ。どうしてこんなことになる。誰がこんなものを望んだ。血に染まった九歳のカミナ。あの姿を見てしまったからか。あのときから狂気を見まいと目を逸《そ》らし続けていたからか。杵築一人に背負わせていた、これが報いなのか。

「もう、いいかしら」

カミナが魅惑《みわくてき》的な声を発した。

「あなたたちが時間を無為に過ごすのは自由です。でも、わたしはわたしの時間を有意義に使う自由があるのよ。いつまでここにいるつもり？　わたしが呼んだのは悪魔だけ。その他《ほか》の方々はそろそろお帰り願《ねが》います」

悪魔の黒い姿が、まるで従者のように少女の傍《かたわ》らにあった。建御の部屋でゲームに興《きょう》じていた黒衣の少年は、今や背筋も凍るような無表情で彼女に付き従っている。

美しい同級生は建御に一瞥《いちべつ》だけを与えた。彼女にとって彼は特別ではない。建御は知っていた。カミナが特別視しているのは彼女の妹と杵築だけなのだ。

「我《われ》は、還《かえ》る」

　思い出したようにポツリと言って、死神は服を脱ぎ出した。エプロンドレスを脱ぎ、ブラウスを脱ぎ、肌着と靴と靴下を脱ぎ捨てて、元通りの姿となる。

「これは置いていく。貰《もら》いっぱなしでは気が咎《とが》める。建御《たけみ》、そなたの母には感謝《かんしゃ》の意を。この衣服の購入《こうにゅう》資金を出したことに関してだ」

　頭を飾るリボンを解《ほど》きながら、死神はカミナにも言った。

「そなたの妹にも同じ言葉を贈《おく》る。衣装を選んでくれた労をねぎらおう」

「あなたこそ、ご苦労様」

　カミナは端正な顔をうなずかせた。

「あなたは役割を完璧《かんぺき》に演じてくれました。出てこなくてもよかったのにね」

「当番だ。仕方がない」

　リボンを床に放った死神は、建御を見上げ、

「さらばだ、建御。もう二度と会うことはないだろう」

　建御は答えず、ただ頭を抱いていた。

　しばらく反応を期待するような顔をしていた全裸の死神は、やがて歩き出した。ぺたぺたと裸足《はだし》の足音を響《ひび》かせつつ、エレベータへと向かい、背伸びをして昇降ボタンを押した。無音で開く扉に入る。無音で閉じる扉の内側で、死神の裸身がぴょんと飛び跳ねる。上階へ向かうボ

タンを押そうとしているのだろう、三回失敗してやっと成功し、エレベータが動き出した。まるで天上から紐《ひも》で引かれているように、速やかに上昇していき、死神はこの地下室と世界から退場した。

＊＊＊

どれだけの静謐《せいひつ》がその間にあったのか。

「建御、ここを出よう。僕たちにできることは何もないよ」

そう言った杵築《きづき》に、建御は打ちのめされた顔をのろのろと上げた。

「あいつを止めねえのか……」

杵築はカミナのほうへ目を向けた。表情のない悪魔《あくま》を見つめる幼なじみを認め、彼女の興味《きょうみ》から悪魔以外の誰《だれ》もが外れているのを確認《かくにん》する。

「止められると思うのかい？　どうやって止める？　カミナを殺すのかな？　でもそれで終わるとは思えないな。カミナが幽霊《ゆうれい》にでもなったらどうするんだい？　事代《ことしろ》くんのようにはいかないだろうね。きっと悪霊《あくりょう》になる。もしカミナの怨霊《おんりょう》に取《と》り憑《つ》かれたらキミはどうする？　死んだ自分の代わりにキミの身体《からだ》を操《あやつ》りだしたら？　キミはカミナがするべきだったことを代行しないといけなくなるよ。自分の手で、地上を地獄にするんだ。それでもいいのか？」

くぅ、と建御《たけみ》は呻《うめ》き、うなだれた。

杵築《きづき》とは反対側から、たおやかな手が差し伸べられた。浴衣《ゆかた》から覗《のぞ》く腕は天使のものだ。

「帰りましょう、建御さん。私はあなたの部屋のベッドが恋しくてなりませんよ。死神さんも帰還《きかん》し、悪魔《あくま》さんはここに残る心づもりのようです。ようやく二人の時間を持てそうではないですか。先日はあなたの肉欲を拒絶するようなことを言ったかもしれませんが、今なら私のこの身体《からだ》も狙《ねら》い時ですよ。同情心が恋愛感情に発展するのは珍しいことではありませんからね」

「……うるせえ」

建御は歯の隙間《すきま》から、地を這《は》いずるような声を返した。

「俺《おれ》はメリハリのありすぎる奴《やつ》なんぞに興味《きょうみ》は……ない」

「死神さんが消えてショックなのは解《わか》ります。何だかんだと、彼女はあなたの情動を刺激《しげき》していたでしょうからね。やってしまってから後悔するほうがよかったと、今なら思うでしょう?」

建御はもうモノも言わなかった。

杵築は友人に肩を貸し、天使もそうしてくれた。エレベータは再び階下に戻ってきている。下り際に死神が地下へ至るボタンを押してくれていたのだろう。外見的には愛らしい女の子だった。妹としてであれば、建御も重宝《ちょうほう》しただろう。彼が陥落するのも当然だ。

エレベータに乗り込む前、杵築は室内に目を向けた。燃《も》え残る書からは青い煙がたなびいて、異臭を鼻に届けている。元凶となった魔術書にはふさわしい末路だった。役割を負え、必要でなくなったものは大抵がこうなるのだ。灰燼《かいじん》に姿を変える。

それは無機物《むきぶつ》に留《とど》まらない。人間でも、非人間でも、カミナが不必要と見なしたものはこうなる運命を持ち、その時がくるのをただ待つしかないのだ。

杵築は確信《かくしん》をもって思う。僕の役割は、ここで終わったのだ。

＊＊＊

その夜、杵築の部屋の窓を叩《たた》く者があった。

眠りの中にあった杵築はすぐに目を覚まし、半身を起こして音の方向を探した。

こつん、と窓が鳴る。

生暖かい室温に肌が汗ばんでいた。杵築は寝床を後にすると、静かにカーテンを引いた。

ガラスの向こうに隣家《りんか》の影《かげ》が見える。そして、すぐ側《そば》には彼女の顔があった。

窓を開けると、半端な熱気《ねっき》と弾んだ声が同時に飛び込んできた。

「こんばんは」

カミナが闇《やみ》の中で微笑《ほほえ》んでいる。

杵築は自分の部屋が二階にあることを思い出し、視線《しせん》を下に向けた。カミナは梯子《はしご》に乗っている。どこから持ち出し、いつの間に立てかけたのか、杵築家の庭からスライド式のアルミ製梯子《はしご》が彼の部屋へと伸ばされていた。

「旅に出ます」

「そう」

言いつつ、杵築《きづき》は間近にある幼なじみの顔を見つめていた。

旅に出る。

目的は解《わか》っている。彼女は絶望を振りまくために行く。人類は残らず、地上に出現した地獄の上に立ち、地獄を味わうために生き続けることになるのだろう。

なのに——。

杵築には今でもカミナの行為にどんな悲壮感も感じなかった。

なぜだろう。絶対的な絶望とカミナは言う。ならばそれは正しい。この世は悪魔《あくま》が作るよりももっと悪魔的な地獄に変えられるのだ。

爽《さわ》やかな風が冷たい夏の夜を音もなく通り過ぎ、杵築は少女の顔を見つめ続けていた。カミナは黙《だま》って首を傾けている。与えた問題を正しく解けるかどうか、心待ちにしている物静かな家庭教師のように、カミナは杵築を見つめていた。

杵築は期待されている返答を探した。すぐに見つかった。彼女が何を訊《き》きたがっているのか、彼はやっと思い出した。

そうか……。

「お前はとっくに僕を壊《こわ》していたんだな。ミワだけじゃなくて、僕も」

記憶《きおく》にはない。だが、間違いなくそうだった。あの地下室で、杵築はカミナの実験《じっけん》に供されたのだ。たとえ記憶がなくとも事実は変化したりしない。

「そうよ」

「なぜ？」

「あたしはそのうち世界を壊す。絶対に、確実《かくじつ》に、徹底的《てっていてき》にね。壊して地獄にするの。そんな地獄化した世界であなたたちだけは幸せになってくれるように。通常の人間は絶望するだけでしょうけど、あなたとミワはそんな地獄でも幸福を感じるでしょう。破壊《はかい》された世界で喜びを見いだせるのは破壊された人間だけよ」

「どうやって僕を壊した？」

「壊れていくミワを見せつけることで」

恐ろしく優《やさ》しい微笑《ほほえ》みだった。

「地下のあの部屋でわたしはミワをめちゃくちゃに壊していった。あなたはそれをずっと見ていた。毎日、毎晩。ミワはしぶといから壊すのに何年もかかったわ。間接的だったあなたはもっとね。自覚はあったのでしょう？　壊れたミワを抱くたびに、あなたも壊れていったはずです。少しずつ」

「完了したのはいつなんだ？　僕の破壊を確信したのはいつのことだ？」

「一ヶ月と少し前」

カミナは顔の前で指を回し、すっと真下を指さした。

「ここで、あなたの目の前で、わたしがあなたのお母さんを殺したとき」

杵築《きづき》はカミナの指先を見ていた。

「それから小母《おば》さんの死体を刻んで、三十一の祭壇《さいだん》の一番手として首を飾ったとき、あなたが眉《まゆ》一つ動かさずにいたのを見て。わたしは確信《かくしん》を得ました」

ふふっ。カミナは小さく笑い声を漏らし、

「死体を祭壇にしているときも、あなたは黙《だま》って見ていましたね。顔色一つ変えずに。そんなこと、まるでどうでもいいように。それでわたしは解《わか》りました。あなたは完了しました」

杵築はカミナの顔を見た。美しい顔を彩る粉雪のような微笑《ほほえ》み。

「あなたはもう大丈夫だと思いました。これからわたしが世界をどんな地獄にしても、ミワとともに幸せになれる。絶対的な絶望の中で、あなたとミワだけが」

「どうして建御《たけみ》を巻き込んだ?」

あの程度の工作をカミナが間違うはずはない。彼女はわざと悪魔《あくま》の出現位置をずらした。自分の地下部屋ではなく、建御の部屋に行くように図ったのだ。

「建御くんは——」

カミナは指の関節を嚙《か》むように唇に当て、

る人よ」

「わたしやあなたの代わりに、わたしやあなたのために、わたしやあなたのことを考えてくれる人よ」

「だろうね」

杵築は気の毒な友人の顔を思い描いた。今頃《いまごろ》何をしているだろう。天使はまだ彼の家にいるのだろうか。

「戻ってくるつもりはあるのか？」

そう訊《き》きながら、彼には回答が解っていた。

戻ってくる気でいるなら、別れを告げに来たりはしない。わざわざやって来たということはこれが最後なのだ。二度と彼女に会うことはない……。

カミナは笑《え》みを浮かべた。

それだけだった。何よりも雄弁な返事だ。

それきり何も言わず、カミナがするすると梯子《はしご》を下りる様子《ようす》を見送り、杵築は庭先に黒い人影《ひとかげ》が立っていることに気づいた。悪魔がこちらを見上げている。

地に降り立ったカミナは悪魔の横に並ぶと、そのまま顔を上げることなく歩き始めた。当然のように悪魔も随伴する。

悪魔のような女が望んだ通りの悪魔を手に入れ、目的を果たすためにどこかへ行こうとしている。もし彼女の本懐《ほんかい》が成就するようなことになれば、この世は彼女の言う絶望によって支配されることになるだろう。カミナは必ずやり遂げる。杵築《きづき》は知っていた。烏衣《うい》カミナとはそういう女だった。カミナが常に地獄を背負って生きてきたことを、彼は知っていたのだ。

同じ時を有していたはずの彼女の父親も知るまい。存命していた時の彼の両親も知らなかった。誰《だれ》も知らない。しかし彼には知ることができたのだ。

「さようなら、カミナ」

杵築は、闇《やみ》に紛れて消えゆく双影《そうえい》に呟《つぶや》いた。

そして窓を閉め、カーテンを閉じるとベッドに戻って眠った。いつもと変わらない、安らかで平穏《へいおん》な眠りだった。彼はもう何年も夢を見たことがない。夢がどういうものかも忘れている。別に困ったことはない。彼には不必要なものだった。

悪夢になるのなら、夢などないほうがいい。

「四日目、五日目」
ヨッカメ、イツカメ

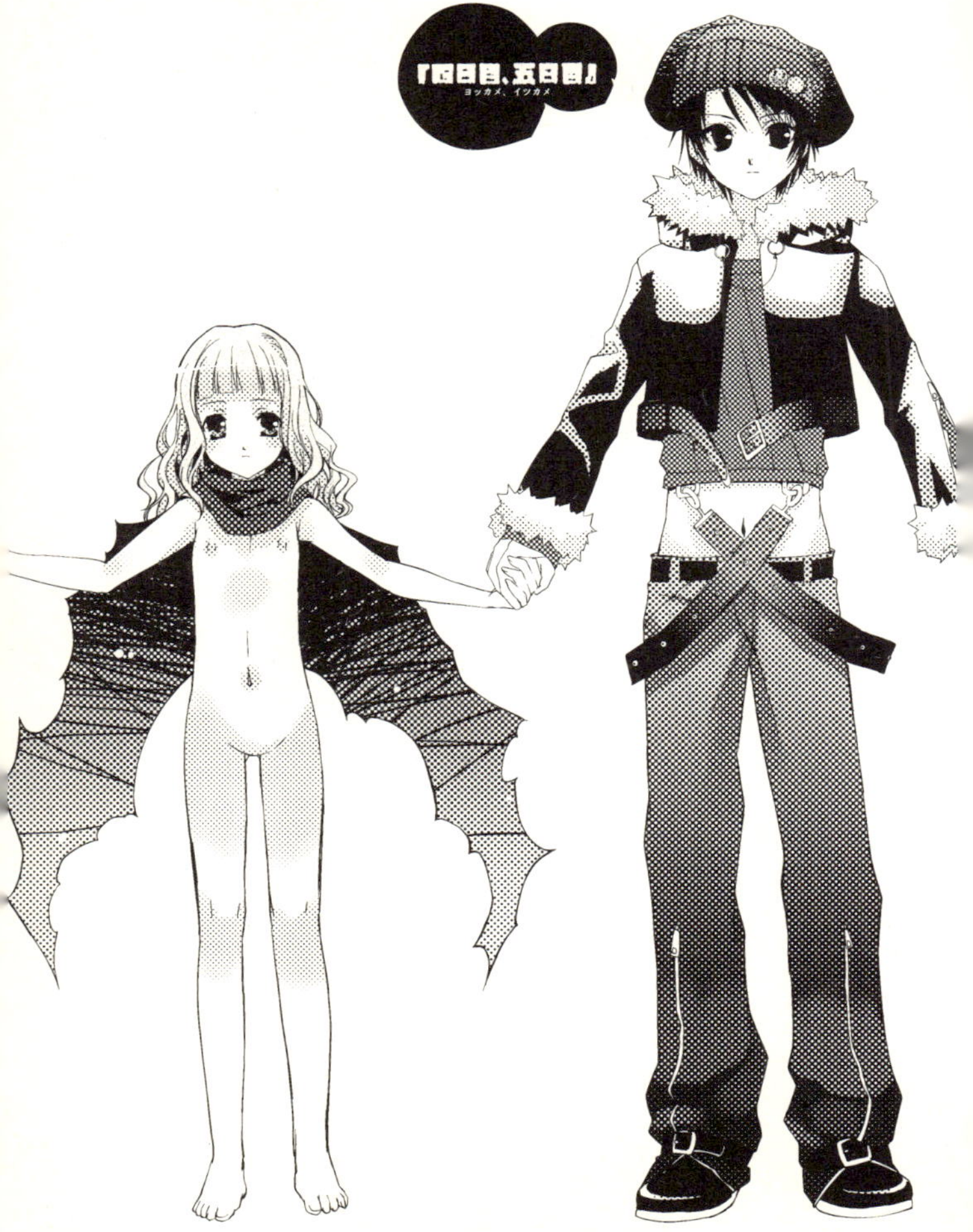

ありふれた日々が変わりなく続けられた。
ただ、夏が熱《ねつ》を取り戻した。

『六日目』
ムイカメ

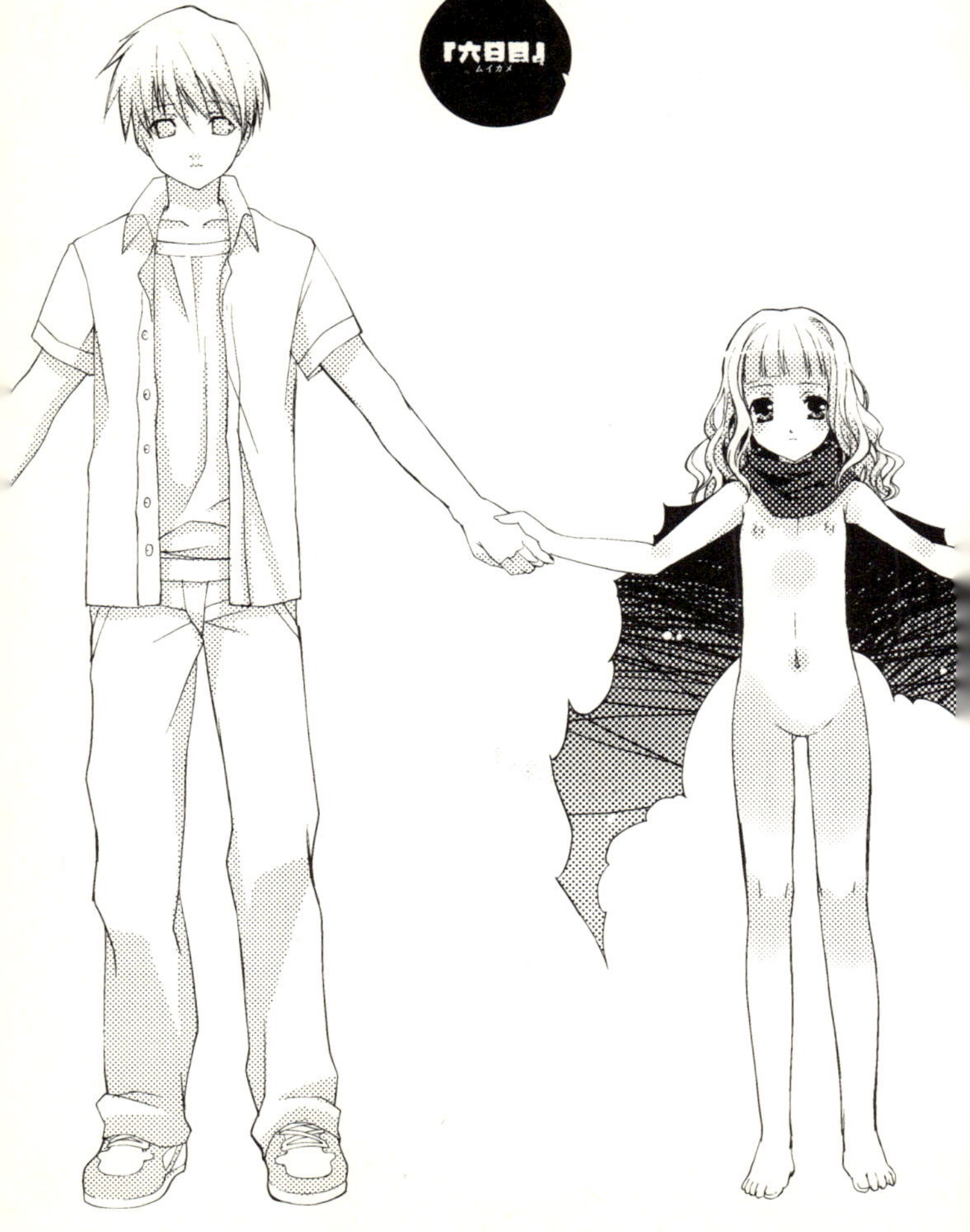

友人が家を尋《たず》ねてきたのは朝早くのことだった。

「よお」

建御《たけみ》は吹っ切れた顔をしていた。雪山登頂を成し遂げに行くような、巨大なソフトバッグをどすんと玄関先に置いて、

「カミナがどっか行っちまったんだってな」

「誰《だれ》に訊《き》いた？」

「こいつだ」

建御の背後に、ボリュームのある浴衣姿《ゆかたすがた》がたなびくような物腰で立っていた。

「まだいたのかい」

「ええ、まだいました」

天使は典雅に腰を折って挨拶《あいさつ》し、

「悪魔《あくま》さんとあの少女の気配《けはい》がどんどん遠ざかって、今や行方《ゆくえ》も解《わか》りません。相当遠くまで行ったことでしょう。少なくとも私の目の届く範囲《はんい》にはいませんね」

「俺《おれ》はあいつを捜しに行く」

さんざん考えた結果らしい。建御の声には淀《よど》みがなかった。

「お前は放っておいても気にならんのだろうが、俺はお前とは違う。二日ほど考えたら頭がすっきりしたぜ。考えすぎで熱《ねつ》が出ちまった。おかげで寝込んじまったくらいだ」

「看病のしがいがありましたよ」

浴衣美女が艶然《えんぜん》と微笑《ほほえ》んでいた。

「このかたの母上など、すっかり私を彼の婚約者扱いしてしまいましてね。わたしは面白《おもしろ》く応対していたのですが、かえって熱を上げてしまったのではないかと反省しきりです」

「……正直言って、俺はこいつやあいつのヨタ話なんか全然信じちゃいない。あんときは雰囲気に流されてまんまとだまくらかされたが、ちょっと考えりゃ解るだろうよ。カミナは病気だ。悪い頭の病気に罹《かか》ってんだ。それで間違って悪魔なんか呼んじまったんだ。スパスパと人を殺したとか言いながら、あんな笑い方をするヤツには法律より道徳の出番だぜ」

なんとか作ったような仏頂面《ぶっちょうづら》を見せる。

「カミナが悪魔と何かしようってんなら、こっちはこいつを連れて行って邪魔してやる」

建御は内容物が満載された旅行鞄《かばん》を担ぎ直した。

「あいつが世界をどうしようが自由かもしれん。だが全人類に迷惑をかけそうな自由なんか俺の知ったことじゃねえ。杵築《きづき》、お前が止めないなら俺が止めてやる」

杵築は友人の表情に根拠不明の明るさを見いだして、

「長旅になりそうだね」

「ああ。休みが終わるまでには帰って来れそうにねえな。長引きそうならウチの親と担任にはよろしく言っといてくれ。お前得意のデマカセでな」

「カミナによろしく。出会えたらね」

「出くわすまで帰らねえつもりだからな」

建御《たけみ》は猛々《たけだけ》しい笑《え》みを見せ、急に真顔になった。

「お前は舞台《ぶたい》を下りてせいせいしてるんだろう。俺《おれ》はそうはいかねえ。お前が下りるんなら俺がやってやるよ。ここらで役どころを交代しようぜ」

「いい考えだね。同意するよ」

心からそう思う。しかし建御は知っているのだろうか、それは装置になるというのと同義だということを。

「カミナを止めることができると思うのかい？」

「私もそう言ったのですけどね」と天使が楽しそうに、「このかたの決意は玄武岩《げんぶがん》くらいには固いようで、いったん固めた決意を翻《ひるがえ》すことはできそうにないらしいのですよ。天使的な立場から言わせてもらうと、まあ無理、ではないかと思うのですけどねえ」

「そうなんだろうと俺だって思うさ」

建御はまだ真顔だった。

「だが、そうでないかもしれん。万馬券だって当たらない確率《かくりつ》のほうが高いだろうが」

「でもそのうち誰《だれ》かには当たるんですよ。だからギャンブルはどこのいずれの世でも有効なのです。これは万国共通、時空を超えた最も手っ取り早い金銭獲得《かくとく》方法として世界的な常識《じょうしき》ですよ」

「グローバルスタンダードというやつだろ」

「大抵の理屈はそう言って〆《しめ》ておけばなんとかなるものです。ついでに、馬券の購入《こうにゅう》は未成年には禁止されていますよ」

天使と建御のやりとりに微笑《ほほえ》ましさを感じる。感じただけだったが、それでも杵築《きづき》はふと彼らがうらやましくなる。建御は天使の笑みに隠された悪意に気づいていない。天使の厚い仮面はあまりにも固すぎて打ち砕くのは容易なことではないだろう。玄武岩よりは固そうだ。

「杵築、俺は思うんだがな」建御は真面目《まじめ》な声色《こわいろ》で、「カミナ……あいつはその気になればすべての死体を完全に消すことができたはずだ。なのに十何人かは小さくても記事になってた。どっかで止めて欲しいと思ってたんじゃ……」

いかにも友人の思いそうな楽観論《らっかんろん》だった。

「急いだほうがいいんじゃないかい？」杵築は促した。「天使が消えたときが悪魔《あくま》も消えたときなんだろう？　悪魔がいなくなったってことは、カミナが絶望のシステムを構築させて、その発動が叶《かな》ったということだ。いつになるのかは見当もつかないけど、相手には七年越しの準備があるんだよ」

「そうだな」

建御は腕時計を反射的に見て、次に天使に視線《しせん》をくれた。

「いざというときにはお前に活躍《かつやく》してもらうからな。いいか、このクソ天使。俺《おれ》を部屋から追い出した借りぐらいは返してもらおうじゃねえか」

「いざというときには」

天使は胸の前に垂れる金髪を摘《つま》み上げ、

「悪魔《あくま》さんには酔狂《すいきょう》がすぎると言われそうですが、まあ大丈夫でしょう。彼がこの世にいる限り、私も帰れません。それにしても死神さんにはもっと様々なことを教えて差し上げたかったですよ。あの愛らしい肉体に刻みつくような快楽をね。それが心残りです」

杵築《きづき》は天使の顔から何かを読みとろうとした。

「キミは何もしないんじゃなかったのか？　悪魔の邪魔をするのも天使の役割なのかな」

いざというとき、天使は薄笑《うすわら》いとともに苦悩する建御《たけみ》を見ているだけだろう。彼らは何もしない。ただ人の生を弄《ろう》するだけだ。

「かならずしもそうではありません」

天使は表情を変えない。

「一泊程度の恩義なら、やはり私は何もしなかったでしょう。しかし五泊六日ともなると多少の儀礼的感謝《ぎれいてきかんしゃ》の態度も必要かとね、思ってみたのですよ。酔狂であることに変わりなし、ですけども」

「じゃあな、杵築」

友人は片手を挙げて別れを告げた。

「たまには連絡を入れる。お前は烏衣《うい》妹とよろしくやってろ。さらばだ」

背を向けた建御ははっきりとした足取りで歩き出した。天使が優雅《ゆうが》についていく。杵築はしばらく二つの後ろ姿を見ていたが、

「建御、キミはカミナが好きだったんだろう?」

友人は足を止めずに、

「そりゃお前のこったろうが」

それだけ言って、厳《きび》しい日射《ひざ》しの下を去っていった。

嘘《うそ》が下手《へた》だな。質問は現在形にするべきだった。そうすれば彼もうなずいたかもしれない。あるいは無言で肯定を表したかもしれない。図星をやり過ごすには、それが一番楽なやり方だった。杵築はどちらの手段も選択しない。視界から消えた友人に言い聞かせるように呟《つぶや》く。

「ミワは二人目のカミナじゃない。あいつの代わりは、どこにもいないんだ」

一本足の蛸《たこ》に、二本目はない。

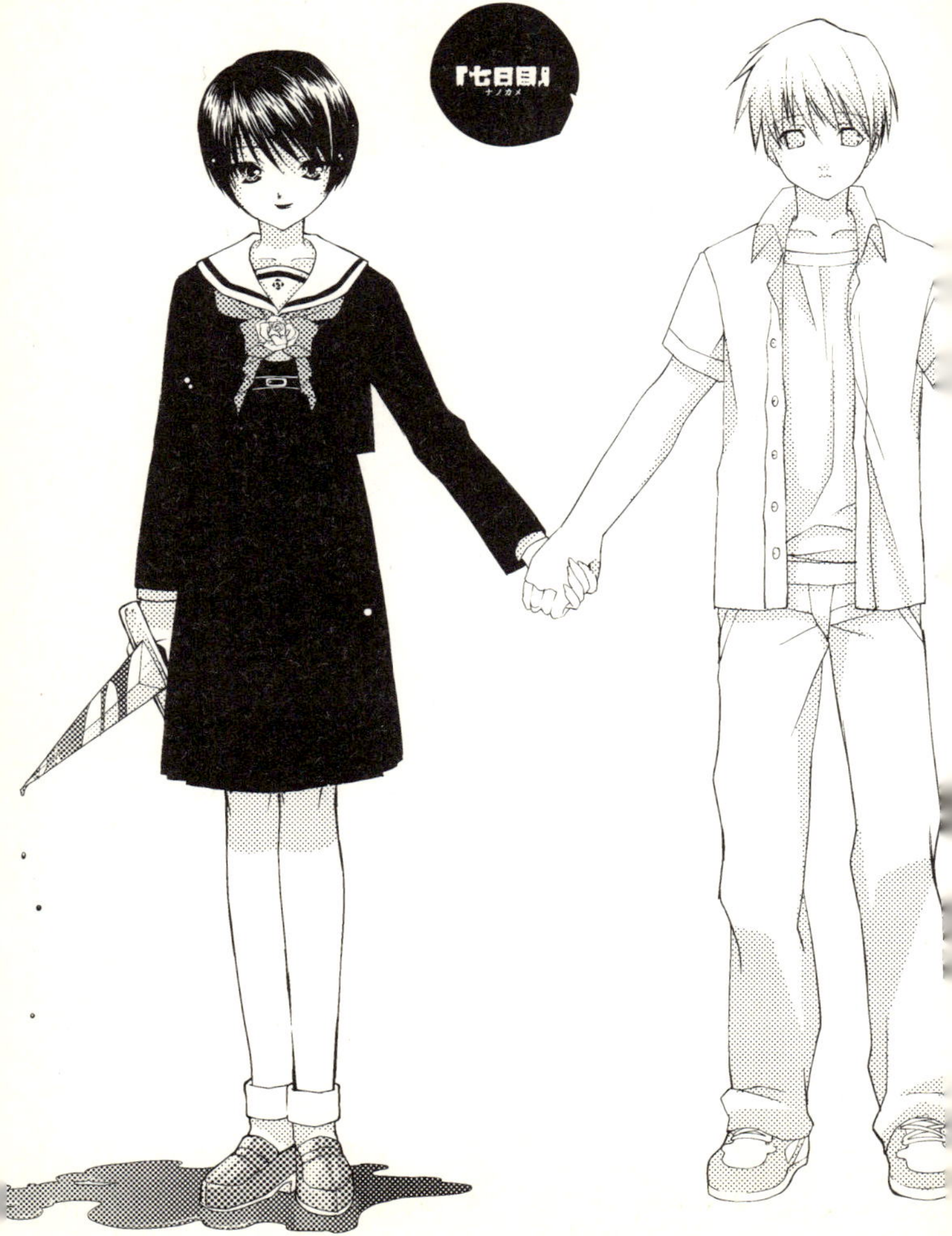

「七日目」
ナノカメ

今日《きょう》も、杵築《きづき》はミワとともに歩いている。

姉が消えても妹は何も変わらなかった。いつものように杵築と待ち合わせ、日中には街中でデートを重ね、夜は彼女の部屋での実りなき逢瀬《おうせ》が続いている。

建御《たけみ》が旅立つことに賛否《さんぴ》のいずれも思わなかった杵築と同じように、ミワは姉の旅路についても何一つ言葉を発しなかった。あの夜、彼女の家を訪ねた者が誰《だれ》だったのか、イズモと名乗った幼女がどうなったのか、それすらミワの興味《きょうみ》の対象外のようだ。

だから、話しかけたのは杵築のほうからだ。

「あの変な本はお前が書いたんだね」

「はい」

ミワは歩《ほ》調《ちょう》を緩《ゆる》めず、帽子の縁《ふち》に手を這《は》わせながら答えた。

「新しい言語を考えるのは面白《おもしろ》い作業でした」

涼しげな声が、転がるようにして杵築の耳朶《じだ》に届いた。

「うふ？　なぜ解《わか》ったの？」

姉と同じことを訊《き》く。杵築の答えも同じだった。

「そんなことをしそうなのは、お前だけだからだよ」

少女はくすくすと笑った。

「そうですね」

「七年前」と杵築。「カミナに変な模様を教えたのもお前だな。自分の母と僕の父を殺すように差し向けたのも」

「そうです。あの魔《ま》術《じゅつ》書《しょ》に使用した羊皮紙はその頃《ころ》に手に入れたものです。ずっと、大切に仕《し》舞《ま》っておきました。役に立ったわ」

「手間をかけたもんだ」

「それほどでもありません。特別な鍵《かぎ》を考える必要はありませんでしたから。解読されることを前提にした暗号は簡《かん》単《たん》に作れます。わたしの姉ならば数ヶ月もあれば充分だったでしょう」

「お前が悪魔の呼び出し方をでっち上げたことを、カミナは知っていたのかな？」

「わたしのすることとです。姉にはお見通しだったと思うわ」

「どうしてお前はそんなことをした？」

「訊いてばかりですね」

ミワはさり気なく杵築の腕に指を絡めてきた。

「気に入りませんでしたか？　姉はどこかに行きました。そのどこかで、わたしたちを、わたしたちだけを幸せにする方法を考えているのです。解っているのでしょう？」

言われた通りだ。杵築には自分たちの未来が見えていた。煌《きら》びやかな未来予報が、天界からもたらされる福音のように聞こえている。それは間違いなくやってくるのだ。彼の横には常にミワがいて、いつまでも柔和な微《ほ》笑《ほ》み《え》を彼だけに降り注ぎ続けることになっていた。

杵築《きづき》は言葉を持たなかった。今、この場で発するべき言葉は彼の身体《からだ》と精神のどこを探してもありえない。彼にあるのは世界に対する沈黙《ちんもく》だけだった。

するりと指を離《はな》し、ミワは踊るように前に出た。両手を横にピンと伸ばし、くるくると身体を回す。巣から初めて飛び立った若い燕《つばめ》のように、そうすることを楽しむように夏の空の下で舞《ま》う。

不意に身体を止めたその少女は、こぼれんばかりの笑顔《えがお》で杵築を見上げて言った。

「ねえ、次は誰《だれ》の人生で遊ぶ？」

あとがき

どちらかと言えば僕はあらゆる物事を脳天気に考えるのが好きで、またそんな感じのを書いていたような気がしているのですが、今回に限りましてはどちらかと言わなくてもあんまり脳天気ではありません。むしろ怪しい雲行きです。どうしようもなく暗雲です。左回りのオーバルコースの最終コーナーで間違っていきなり右折したみたいな破滅的不吉さです。なんかもう絶望的です。脳天気万歳。

それとはまったく関係ありませんが何年か前の思い出話です。かつて田んぼと山しか見えないような風光明媚《ふうこうめいび》な土地に住んでいた頃《ころ》、僕の移動手段と言えば中型二輪でした。ある雨上がりの夏の夜、いつものようにバイクにまたがり四十キロほど走って目的地に到達し、やれやれとばかりに愛車から下りた僕は、そこで乗せた覚えのない同乗者がいたことに気づいて驚愕《きょうがく》しました。小さなアマガエルがタンデムシートにちょこんとへばり付いてたのです。

信号待ちのわずかな間によじ登ったとは思えないので発車時にはすでに乗っていたのでしょう。しかし四十キロも走っている間によく落っこちなかったものです。

感心しながらアマガエル氏を摘《つま》み上げ、しばらく歩いたところにある田んぼ近くの茂みに放して、そしてこう思いました。わずか数十分で生まれ育った場所から遠く離《はな》れた異境へ移動してしまい、そこで暮らさなければならなくなったカエル氏にとって、この出来事は果たして吉凶いずれの目が出るのだろうか。

　できれば脳天気に暮らしていて欲しいものです。

　最後になりましたが、この本が世に出る道程に関《かか》わりを持っていただいたすべての方々、特にイラストを描《か》いてくださったG・むにょ様ならびに担当編集《へんしゅう》峯様《みねさま》には最大限の、そして読んでいただけたあらゆる方々に無限大の感謝《かんしゃ》の意をお送りしつつ、いらんと言われても送りつつ、今回はこれにて失礼致します。それでは——。

◉谷川　流著作リスト

「学校を出よう！ Escape from The School」（電撃文庫）
「学校を出よう！② I-My-Me」（同）
「学校を出よう！③ The Laughing Bootleg」（同）
「学校を出よう！④ Final Destination」（同）
「学校を出よう！⑤ NOT DEAD OR NOT ALIVE」（同）
「学校を出よう！⑥ VAMPIRE SYNDROME」（同）
「電撃!! イージス5」（同）
「涼宮ハルヒの憂鬱」（角川スニーカー文庫）
「涼宮ハルヒの溜息」（同）
「涼宮ハルヒの退屈」（同）
「涼宮ハルヒの消失」（同）
「涼宮ハルヒの暴走」（同）
「涼宮ハルヒの動揺」（同）

本書に対するご意見、ご感想をお寄せください。

■

あて先

〒101-8305 東京都千代田区神田駿河台1-8 東京YWCA会館
メディアワークス電撃文庫編集部
「谷川 流先生」係
「G・むにょ先生」係

■

電撃文庫

絶望系《ぜつぼうけい》
閉《と》じられた世界《せかい》
谷川《たにがわ》 流《ながる》

発行 二〇〇五年四月二十五日 初版発行

発行者 佐藤辰男
発行所 株式会社メディアワークス
〒一〇一-八三〇五 東京都千代田区神田駿河台一-八
東京YWCA会館
電話〇三-五二八一-五二〇七(編集)

発売元 株式会社角川書店
〒一〇二-八一七七 東京都千代田区富士見二-十三-三
電話〇三-三二三八-八六〇五(営業)

装丁者 荻窪裕司(META+MANIERA)

印刷・製本 あかつきBP株式会社

ISBN4-8402-3021-8 C0193

電撃文庫創刊に際して

文庫は、我が国にとどまらず、世界の書籍の流れのなかで〝小さな巨人〟としての地位を築いてきた。古今東西の名著を、廉価で手に入りやすい形で提供してきたからこそ、人は文庫を自分の師として、また青春の想い出として、語りついできたのである。

その源を、文化的にはドイツのレクラム文庫に求めるにせよ、規模の上でイギリスのペンギンブックスに求めるにせよ、いま文庫は知識人の層の多様化に従って、ますますその意義を大きくしていると言ってよい。

文庫出版の意味するものは、激動の現代のみならず将来にわたって、大きくなることはあっても、小さくなることはないだろう。

「電撃文庫」は、そのように多様化した対象に応え、歴史に耐えうる作品を収録するのはもちろん、新しい世紀を迎えるにあたって、既成の枠をこえる新鮮で強烈なアイ・オープナーたりたい。

その特異さ故に、この存在は、かつて文庫がはじめて出版世界に登場したときと、同じ戸惑いを読書人に与えるかもしれない。

しかし、〈Changing Time, Changing Publishing〉時代は変わって、出版も変わる。時を重ねるなかで、精神の糧として、心の一隅を占めるものとして、次なる文化の担い手の若者たちに確かな評価を得られると信じて、ここに「電撃文庫」を出版する。

1993年6月10日
角川歴彦

電撃文庫

絶望系 閉じられた世界
谷川 流
イラスト／G・むにょ
ISBN4－8402－3021－8

友人の部屋には奇妙な同居人がいるらしい。天使に悪魔に死神に幽霊だと言う。友人が狂ったのか、それとも世界が狂ったのか……鬼才の実験作！

た-17-8 1078

電撃!! イージス5
谷川 流
イラスト／後藤なお
ISBN4－8402－2852－3

祖父の家を訪れた僕は、なぜかそこに住んでいた三人の少女と出会い、なにやら妙な戦いに巻き込まれることになり……。谷川流節、炸裂。

た-17-7 1016

学校を出よう！ Escape from The School
谷川 流
イラスト／蒼魚真青
ISBN4－8402－2355－6

超能力者ばかりが押し込まれた山奥の学校。ここに超能力など持ってないはずの僕がいるのは、すぐ隣に浮かんでいる妹の〝幽霊〟のせいであるわけで──！

た-17-1 0784

学校を出よう！② I-My-Me
谷川 流
イラスト／蒼魚真青
ISBN4－8402－2433－1

突然、往来に血まみれの果物ナイフを持って立っていた神田健一郎。慌てて逃げ込んだ自分の部屋にはもう一人自分がいてそいつもやっぱり驚いて……！

た-17-2 0825

学校を出よう！③ The Laughing Bootleg
谷川 流
イラスト／蒼魚真青
ISBN4－8402－2486－2

第三EMP学園女子寮で一人の少女が消えた。ただ消えたのではなく、密室で煙の如く消えうせたのだ!! その事件の謎に関ることになった光明寺茉衣子は……。

た-17-3 0848

電撃文庫

学校を出よう!④ Final Destination

谷川 流
イラスト/蒼魚真青

ISBN4-8402-2632-6

記憶に奇妙な混乱がある少女――仲嶋数花。そんな彼女を第一〜第三EMPがそれぞれ追うことになり、第三EMPの追っ手として選ばれたのは……!

た-17-4 0909

学校を出よう!⑤ NOT DEAD OR NOT ALIVE

谷川 流
イラスト/蒼魚真青

ISBN4-8402-2781-0

朝が来ても同室の子が目を覚まさない。つついても叩いてもさすっても起きないし、でもなんだか死んでるわけではなさそう……第三EMPにまた事件です。

た-17-5 0984

学校を出よう!⑥ VAMPIRE SYNDROME

谷川 流
イラスト/蒼魚真青

ISBN4-8402-2828-0

第三EMP学園を席巻した異常事態。第二EMPから招かれた専門家も加えて、〝僕らの〟茉衣子と、最近出番の少ない佳由季は対策を練るのだが……。

た-17-6 0996

最後の夏に見上げた空は

住本 優
イラスト/おおきぼん太

ISBN4-8402-2890-6

かつて起きた戦争の遺物『遺伝子強化兵』。望まぬ力の代償は17歳の夏に死んでしまうという運命だった――。せつなく胸をしめつける短編連作、登場。

す-7-1 1029

最後の夏に見上げた空は2

住本 優
イラスト/おおきぼん太

ISBN4-8402-3024-2

どうしようもない、名門への強い気持ちに気づいた小谷。しかし小谷は知らなかった。名門に宛てられた手紙が、別離の予感を運んでいたことに――。

す-7-2 1082

電撃文庫

いぬかみっ!
有沢まみず
イラスト／若月神無

ISBN4－8402－2264－9

かわいいけど破壊好きで嫉妬深い犬神の少女ようこと、欲望と煩悩の高校生、犬神使いの啓太が繰り広げるスラップスティック・コメディ登場！

あ-13-4　0748

いぬかみっ！2
有沢まみず
イラスト／若月神無

ISBN4－8402－2381－5

犬神使い・啓太のもとに、新しい女の子の犬神がやってきた。怒ったようこは早速、彼女を追い出すために行動を開始するが……。大好評シリーズ第2弾！

あ-13-5　0794

いぬかみっ！3
有沢まみず
イラスト／若月神無

ISBN4－8402－2457－9

啓太を襲う男の尊厳に関わる大ピンチ。この未曾有の危機に、ようこは笑いながら、なでしこは嫌がりながら、共に啓太を救うために頑張るが……。話題のコメディ第3弾！

あ-13-6　0840

いぬかみっ！4
有沢まみず
イラスト／若月神無

ISBN4－8402－2607－5

二日酔いの啓太が朝起きて見たものは、大量の魚と、そして……!!　前日の夜にいったい何があったのか⁉　犯人は⁉　事件の真相は⁉　シリーズ第4弾登場！

あ-13-7　0900

いぬかみっ！5
有沢まみず
イラスト／若月神無

ISBN4－8402－2871－X

かわいくて大金持ちで、でも20歳の誕生日に死ぬ運命を背負った少女——。そんな彼女を救うために、啓太とようこは最強最悪（?）の死神と戦うことに……。

あ-13-9　1034

電撃文庫

いぬかみっ！6
有沢まみず
イラスト／若月神無

ISBN4－8402－2325－4

仮名が追いかけている赤道斎の遺品。その最大級の物が発見された。啓太とようこは巻き込まれ、ヘンタイ一杯の異世界へ！　ハイテンション・ラブコメ第6弾！

あ-13-10　1079

我が家のお稲荷さま。
柴村 仁
イラスト／放電映像

ISBN4－8402－2611－3

三槌家の祠に封じられていた大霊狐が高上透を護るため現世に舞い戻った。世にも美しい白面の妖怪・天狐空幻《てんこくうげん》である。しかし、その物腰はやけに軽そうで……

し-9-1　0904

我が家のお稲荷さま。②
柴村 仁
イラスト／放電映像

ISBN4－8402－2726－8

〝御霊送り〟から1ヶ月。夏休みを過ごす透の前に、突然ムビョウと名乗るハイテンション（だけど不気味）な女性が現れた。彼女の目的とは……!?　新感覚ストーリー第2弾！

し-9-2　0958

我が家のお稲荷さま。③
柴村 仁
イラスト／放電映像

ISBN4－8402－2831－0

ある日、高上家にクロネコ便が届く。その中身は、呪布で全身をぐるぐる巻きに拘束された真っ白な少女だった……！　大ヒットの新感覚ストーリー第3弾！

し-9-3　0999

我が家のお稲荷さま。④
柴村 仁
イラスト／放電映像

ISBN4－8402－3026－9

クロネコ便でやってきた包帯ぐるぐるの少女〝シロちゃん〟は、鬼の許に戻された。空幻は、その騒動以来元気がない透を気にかけるが……。新感覚ストーリー第4弾。

し-9-4　1084

電撃文庫

ルナティック・ムーン
藤原 祐
イラスト／椋本夏夜
ISBN4－8402－2458－7

少年は〈月〉を探していた。機械都市バベルの下に広がるスラムの中で……。そして少年が少女と出会うとき、異形のものとの戦いが始まる……。期待の新人デビュー！

ふ-7-1 0841

ルナティック・ムーンⅡ
藤原 祐
イラスト／椋本夏夜
ISBN4－8402－2546－X

〈稀存種〉としての力に目覚め、機械都市バベルでケモノ殲滅のための生活を始めたルナ。そんな彼の許に現れたのは「悪魔」と呼ばれる第2稀存種の男だった……。

ふ-7-2 0874

ルナティック・ムーンⅢ
藤原 祐
イラスト／椋本夏夜
ISBN4－8402－2687－3

変異種のウエポンを抹殺するため、純血主義の組織が派兵を決めた。背後に見え隠れする「繭」の遣い手。そして彼が動く時、第5稀存種が遂に覚醒する……。

ふ-7-3 0935

ルナティック・ムーンⅣ
藤原 祐
イラスト／椋本夏夜
ISBN4－8402－2845－0

有機溶媒のプールに浸る狂気に犯された一人の少女。そして、ロイドに捕らえられたルナとシオンに対し、機械都市バベルの真の目的が遂に明かされる！

ふ-7-4 1019

ルナティック・ムーンⅤ
藤原 祐
イラスト／椋本夏夜
ISBN4－8402－3022－6

すべてを犠牲にして積み上がる楽園が、ルナとシオンの前に立ち塞がる。最後の戦いの果てに、ふたりが辿り着くのは……。「ルナティック・ムーン」終幕。

ふ-7-5 1080

電撃文庫

とある魔術の禁書目録《インデックス》

鎌池和馬

イラスト／灰村キヨタカ

ISBN4－8402－2658－X

“超能力”をカリキュラムとする学園都市に“魔術”を司る一人の少女が空から降ってきた。『インデックス（禁書目録）』と名乗る彼女の正体とは……!? 期待の新人デビュー！

か-12-1　0924

とある魔術の禁書目録《インデックス》②

鎌池和馬

イラスト／灰村キヨタカ

ISBN4－8402－2701－2

学園都市「三沢塾」で一人の巫女が囚われの身となった。上条当麻は魔術師ステイルと嫌々手を組み、彼女を助けに行くことになるのだが——！　学園アクション第2弾！

か-12-2　0951

とある魔術の禁書目録《インデックス》③

鎌池和馬

イラスト／灰村キヨタカ

ISBN4－8402－2785－3

補習帰りに、上条当麻は御坂美琴とその妹に出会う。御坂妹も姉同様とにかくヘンな奴で……。そんな普段通りの生活の中、学園都市の能力者が次々と殺されはじめた——！

か-12-3　0988

とある魔術の禁書目録《インデックス》④

鎌池和馬

イラスト／灰村キヨタカ

ISBN4－8402－2858－2

海にバカンスに向かった上条当麻が見たものは、インデックスが青髪ピアスで、神裂火織がステイルで、ステイルが海のオヤジで、御坂美琴が当麻の妹で!?　全てはとある魔術から……！

か-12-4　1021

とある魔術の禁書目録《インデックス》⑤

鎌池和馬

イラスト／灰村キヨタカ

ISBN4－8402－3025－0

8月31日の学園都市。御坂美琴は、さわやか男子生徒に誘われた。一方通行《アクセラレータ》は、不思議な少女と出会った。上条当麻は、不幸な一日の始まりを感じた……。

か-12-5　1083

電撃文庫

アルティメットガール 桜花春風巨大乙女！

著／威成一　原作／m.o.e.・スタジオマトリックス
イラスト／濱元隆輔

ISBN4−8402−3029−3

女子高生の白絹、ヴィヴィアン、つぼみの3人は、ひょんなことから巨大化して怪獣退治をすることに。ちょっぴりHでとびきりキュートなTVアニメの小説版。

た-19-1　1087

シリアスレイジ

白川敏行
イラスト／やすゆき

ISBN4−8402−3019−6

人質を取り森を占拠するサバイバルのエキスパート集団。それに立ち向かうのはたった一人の少年だった！　第11回電撃小説大賞〈選考委員奨励賞〉受賞作！

し-11-1　1076

ブギーポップは笑わない

上遠野浩平
イラスト／緒方剛志

ISBN4−8402−0804−2

第4回ゲーム小説大賞〈大賞〉受賞作。上遠野浩平が描く、一つの奇怪な事件と、五つの奇妙な物語。少女がブギーポップに変わる時、何かが起きる——。

か-7-1　0231

ブギーポップ・リターンズ VSイマジネーターPart1

上遠野浩平
イラスト／緒方剛志

ISBN4−8402−0943−X

第4回電撃ゲーム小説大賞〈大賞〉受賞の上遠野浩平が書き下ろす、スケールアップした受賞後第1作。人の心を惑わすイマジネーターとは一体何者なのか……。

か-7-2　0274

ブギーポップ・リターンズ VSイマジネーターPart2

上遠野浩平
イラスト／緒方剛志

ISBN4−8402−0944−8

緒方剛志の個性的なイラストが光る〝リターンズ〟のパート2。人知を超えた存在に翻弄される少年と少女。ブギーポップは彼らを救うのか、それとも……。

か-7-3　0275

電撃文庫

ブギーポップ・イン・ザ・ミラー「パンドラ」
上遠野浩平
イラスト／緒方剛志
ISBN4－8402－1035－7

ブギーポップ・シリーズ感動の第3弾。未来を視ることが出来る6人の少年少女。彼らの予知にブギーポップが現れた時、運命の車輪は回りだした……。

か-7-4　0306

ブギーポップ・オーバードライブ　歪曲王
上遠野浩平
イラスト／緒方剛志
ISBN4－8402－1088－8

ブギーポップ・シリーズ待望の第4弾。ブギーポップと歪曲王、人の心に棲む者同士が繰り広げる、不思議な闘い。歪曲王の意外な正体とは――？

か-7-5　0321

夜明けのブギーポップ
上遠野浩平
イラスト／緒方剛志
ISBN4－8402－1197－3

「電撃ｈｐ」の読者投票で第1位を獲得した、ブギーポップ・シリーズの第5弾。異形の視点から語られる、ささやかで不可思議な、ブギー誕生にまつわる物語。

か-7-6　0343

ブギーポップ・ミッシング　ペパーミントの魔術師
上遠野浩平
イラスト／緒方剛志
ISBN4－8402－1250－3

軌川十助――アイスクリーム作りの天才。ペパーミント色の道化師。そして〝失敗作〟。ブギーポップが〝見逃《ミッシング》した〟この青年の正体とは……。

か-7-7　0367

ブギーポップ・カウントダウン　エンブリオ浸蝕
上遠野浩平
イラスト／緒方剛志
ISBN4－8402－1358－5

人の心に浸蝕し、尋常ならざる力を覚醒させる存在〝エンブリオ〟。その謎を巡って繰り広げられる、熾烈な戦い。果たしてブギーポップは誰を敵とするのか―。

か-7-8　0395

電撃文庫

ブギーポップ・ウィキッド エンブリオ炎生

上遠野浩平
イラスト／緒方剛志
ISBN4－8402－1414－X

謎のエンブリオを巡る、見えぬ糸に操られた人々の物語がここに完結する。宿命の二人が再び相まみえる時、その果てに待つのは地獄か未来か、それとも――。

か-7-9 0420

ブギーポップ・パラドックス ハートレス・レッド

上遠野浩平
イラスト／緒方剛志
ISBN4－8402－1736－X

九連内朱巳、ミセス・ロビンソン、霧間凪そしてブギーポップ。謎の能力を持つ敵を4人が追う。恋心が〝心のない赤《ハートレス・レッド》〟に変わるとき少女は何を決断するのか？

か-7-11 0521

ブギーポップ・アンバランス ホーリィ&ゴースト

上遠野浩平
イラスト／緒方剛志
ISBN4－8402－1896－X

偶然出会った少年と少女。彼らこそが、伝説の犯罪者〝ホーリィ&ゴースト〟であった。世界の敵を解放しようとした二人は、遂に死神と対面するが――。

か-7-12 0583

ブギーポップ・スタッカート ジンクス・ショップへようこそ

上遠野浩平
イラスト／緒方剛志
ISBN4－8402－2293－2

ジンクスを売る不思議な店〝ジンクス・ショップ〟。そこに一人の女子高生が訪れた時、物語は動き出す。実は彼女こそ〝死神〟を呼ぶ世界の敵であったのだ――。

か-7-14 0764

ブギーポップ・バウンディング ロスト・メビウス

上遠野浩平
イラスト／緒方剛志
ISBN4－8402－3018－8

統和機構ですらその正体を把握できない謎の〈牙の痕〉、そして世界そのものの運命を握るという〈煉瓦《ブリック》〉。ブギーポップが世界の根幹に迫る衝撃作。

か-7-18 1075

電撃文庫

撲殺天使ドクロちゃん

おかゆまさき
イラスト／とりしも

ISBN4－8402－2392－0

ぴぴるぴるぴるぴぴるぴ〜♪　謎の擬音と共に桜くん（中学二年）の家にやってきた一人の天使。……その娘の名前は、撲殺天使ドクロちゃん!?

お-7-1	0802

撲殺天使ドクロちゃん②

おかゆまさき
イラスト／とりしも

ISBN4－8402－2490－0

ぴぴるぴるぴるぴぴるぴ〜♪　桜くんを想うがあまり、つい撲殺しちゃう、ふしぎな天使ドクロちゃん。そんな彼女がいっぱい詰まった第②巻がついに登場！

お-7-2	0852

撲殺天使ドクロちゃん③

おかゆまさき
イラスト／とりしも

ISBN4－8402－2637－7

ぴぴるぴるぴるぴぴるぴ〜♪　いつもドクロちゃんの頭の中は草壁桜くん（中学二年）でいっぱいです。全電撃文庫読者の予想に反し、さりげなく第③巻も発売！

お-7-3	0914

撲殺天使ドクロちゃん④

おかゆまさき
イラスト／とりしも

ISBN4－8402－2784－5

ぴぴるぴるぴるぴぴるぴ〜♪　修学旅行で京都にやってきた桜くんとドクロちゃん。クール・ビューティー南さんも大活躍の第④巻登場！

お-7-4	0987

撲殺天使ドクロちゃん⑤

おかゆまさき
イラスト／とりしも

ISBN4－8402－2994－5

ぴぴるぴるぴるぴぴるぴ〜♪　「桜くんが大好き＝桜くんを撲殺」という公式はどうなのですか。と常に疑問に思う桜くんと、ちょっぴり不器用な天使ドクロちゃんの物語。

お-7-5	1062

電撃文庫

しにがみのバラッド。

ハセガワケイスケ
イラスト／七草

ISBN4－8402－2393－9

その真っ白な少女は、鈍色に輝く巨大な鎌を持っていた。少女は、人の命を奪う『死神』であり『変わり者《ディス》』だった――。切なくて、哀しくて、やさしいお話。

は-4-1	0803

しにがみのバラッド。②

ハセガワケイスケ
イラスト／七草

ISBN4－8402－2491－9

その真っ白な少女は、とても笑顔が素敵で、すこしだけ泣き虫な、哀しい『死神』でした。これは、白い死神モモと、仕え魔ダニエルの、哀しくて、やさしい物語。

は-4-2	0853

しにがみのバラッド。③

ハセガワケイスケ
イラスト／七草

ISBN4－8402－2575－3

光が咲いて、またひとしずく。闇に堕ちたのは、白い花。白い髪に白い服。やけに目に付く、赫い靴。春風のようにやさしい死神は、そんな姿をしていた――。

は-4-3	0887

しにがみのバラッド。④

ハセガワケイスケ
イラスト／七草

ISBN4－8402－2656－3

白い死神モモと仕え魔ダニエル。彼らと交わった人々は、すこしだけ変わっていきます。闇の中に一筋の光が射し込むように。これは、哀しくてやさしい物語。

は-4-4	0922

しにがみのバラッド。⑤

ハセガワケイスケ
イラスト／七草

ISBN4－8402－2756－X

白い少女は、光を探していました。暗い暗い闇の中で、ずっと、ずっと。そしてやっと見つけた光は、少女に真実を告げるのです。そして、白い死神と黒猫は――。

は-4-5	0974

これが「悪魔」
これが「カミチ」
これが「杵築《キツキ》」
これが「ミミク」

これが「死神」
これが「天使」

これが「幽霊」
こそが「建御《タケミ》」

絶望系
閉じられた世界
谷川流
ILLUSTRATION●G・むにょ

C O N T E N T S

『一日目』 11

『二日目』 117

『三日目』 223

『四日目、五日目』 279

『六日目』 281

『七日目』 289

デザイン／伸童舎